U0444290

鲁迅作品单行本

准风月谈

鲁迅 著

人民文学出版社

图书在版编目（CIP）数据

准风月谈／鲁迅著．—2版．—北京：人民文学出版社，2022
ISBN 978-7-02-015268-1

Ⅰ.①准… Ⅱ.①鲁… Ⅲ.①鲁迅杂文—杂文集 Ⅳ.①I210.4

中国版本图书馆CIP数据核字（2019）第096321号

责任编辑	刘　伟
装帧设计	陶　雷
责任印制	任　祎

出版发行　人民文学出版社
社　　址　北京市朝内大街166号
邮政编码　100705

印　　刷　三河市宏盛印务有限公司
经　　销　全国新华书店等

字　　数　143千字
开　　本　880毫米×1230毫米　1/32
印　　张　6.25　插页2
版　　次　1980年9月北京第1版
　　　　　2006年12月北京第2版
印　　次　2022年1月第1次印刷

书　　号　978-7-02-015268-1
定　　价　28.00元

如有印装质量问题，请与本社图书销售中心调换。电话：010-65233595

本书收作者1933年6月至11月间所作杂文六十四篇。1934年12月上海联华书局以"兴中书局"名义出版，次年1月再版，1936年5月改由联华书局出版。作者生前共印行三版次。

目　录

前记 …………………………………………………… 1

一九三三年

夜颂 …………………………………………………… 4
推 ……………………………………………………… 6
二丑艺术 ……………………………………………… 8
偶成 …………………………………………………… 10
谈蝙蝠 ………………………………………………… 13
"抄靶子" ……………………………………………… 16
"吃白相饭" …………………………………………… 19
华德保粹优劣论 ……………………………………… 21
华德焚书异同论 ……………………………………… 24
我谈"堕民" …………………………………………… 28
序的解放 ……………………………………………… 32
别一个窃火者 ………………………………………… 35
智识过剩 ……………………………………………… 37
诗和预言 ……………………………………………… 40
"推"的余谈 …………………………………………… 44

查旧帐 47
晨凉漫记 50
中国的奇想 55
豪语的折扣 58
踢 62
"中国文坛的悲观" 65
秋夜纪游 69
"揩油" 71
我们怎样教育儿童的？ 73
为翻译辩护 76
爬和撞 80
各种捐班 83
四库全书珍本 86
新秋杂识 89
帮闲法发隐 92
登龙术拾遗 94
由聋而哑 97
新秋杂识(二) 100
男人的进化 104
同意和解释 107
文床秋梦 110
电影的教训 113
关于翻译(上) 116
关于翻译(下) 120

新秋杂识(三)	123
礼	126
打听印象	129
吃教	132
喝茶	136
禁用和自造	138
看变戏法	140
双十怀古	142
重三感旧	147
"感旧"以后(上)	151
【备考】:《庄子》与《文选》(施蛰存)	153
"感旧"以后(下)	157
黄祸	160
冲	163
"滑稽"例解	166
外国也有	170
扑空	173
【备考】:推荐者的立场(施蛰存)	176
【同上】:《扑空》正误(丰之余)	178
【同上】:突围(施蛰存)	179
答"兼示"	183
【备考】:致黎烈文先生书(施蛰存)	185
中国文与中国人	189
野兽训练法	192

反刍……………………………………………… 195
归厚……………………………………………… 197
难得糊涂………………………………………… 200
古书中寻活字汇………………………………… 203
"商定"文豪……………………………………… 205
青年与老子……………………………………… 207
后记……………………………………………… 210

前　　记

　　自从中华民国建国二十有二年五月二十五日《自由谈》的编者刊出了"吁请海内文豪,从兹多谈风月"的启事[1]以来,很使老牌风月文豪摇头晃脑的高兴了一大阵,讲冷话的也有,说俏皮话的也有,连只会做"文探"的叭儿们也翘起了它尊贵的尾巴。但有趣的是谈风云的人,风月也谈得,谈风月就谈风月罢,虽然仍旧不能正如尊意。

　　想从一个题目限制了作家,其实是不能够的。假如出一个"学而时习之"[2]的试题,叫遗少和车夫来做八股,那做法就决定不一样。自然,车夫做的文章可以说是不通,是胡说,但这不通或胡说,就打破了遗少们的一统天下。古话里也有过:柳下惠看见糖水,说"可以养老",盗跖见了,却道可以粘门闩[3]。他们是弟兄,所见的又是同一的东西,想到的用法却有这么天差地远。"月白风清,如此良夜何?"[4]好的,风雅之至,举手赞成。但同是涉及风月的"月黑杀人夜,风高放火天"[5]呢,这不明明是一联古诗么?

　　我的谈风月也终于谈出了乱子来,不过也并非为了主张"杀人放火"。其实,以为"多谈风月",就是"莫谈国事"的意思,是误解的。"漫谈国事"倒并不要紧,只是要"漫",发出去的箭石,不要正中了有些人物的鼻梁,因为这是他的武器,也是他的幌子。

　　从六月起的投稿,我就用种种的笔名了,一面固然为了省事,一面也省得有人骂读者们不管文字,只看作者的署名。然而这么一来,却又使一些看文字不用视觉,专靠嗅觉的"文学家"疑神疑鬼,而他们的嗅觉又没有和全体一同进化,至于看见一个新的作家的名字,就疑心是我的化名,对我呜呜不已,有时简直连读者都被他们闹得莫名其妙了。现在就将当时所用的笔名,仍旧留在每篇之下,算是负着应负的责任。

　　还有一点和先前的编法不同的,是将刊登时被删改的文字大概补上去了,而且旁加黑点,以清眉目。这删改,是出于编辑或总编辑,还是出于官派的检查员的呢,现在已经无从辨别,但推想起来,改点句子,去些讳忌,文章却还能连接的处所,大约是出于编辑的,而胡乱删削,不管文气的接不接,语意的完不完的,便是钦定的文章。

　　日本的刊物,也有禁忌,但被删之处,是留着空白,或加虚线,使读者能够知道的。中国的检查官却不许留空白,必须接起来,于是读者就看不见检查删削的痕迹,一切含胡和恍忽之点,都归在作者身上了。这一种办法,是比日本大有进步的,我现在提出来,以存中国文网史上极有价值的故实。

　　去年的整半年中,随时写一点,居然在不知不觉中又成一本了。当然,这不过是一些拉杂的文章,为"文学家"所不屑道。然而这样的文字,现在却也并不多,而且"拾荒"的人们,也还能从中检出东西来,我因此相信这书的暂时的生存,并且作为集印的缘故。

一九三四年三月十日,于上海记。

* * *

〔1〕《自由谈》 《申报》副刊之一,始办于1911年8月24日,原以刊载鸳鸯蝴蝶派作品为主,1932年12月起,一度革新内容,常刊载进步作家的杂文、短评。由于受国民党当局的压迫,《自由谈》编者于1933年5月25日发表启事,说:"这年头,说话难,摇笔杆尤难","吁请海内文豪,从兹多谈风月,少发牢骚,庶作者编者,两蒙其休。"

〔2〕"学而时习之" 语出《论语·学而》:"子曰:'学而时习之,不亦说乎!'"

〔3〕柳下惠与盗跖见糖水的事,见《淮南子·说林训》:"柳下惠见饴曰:'可以养老。'盗跖见饴曰:'可以粘牡。'见物同而用之异。"东汉高诱注:"牡,门户籥牡也。"按柳下惠,春秋时鲁国大夫,《孟子·万章(下)》称他为"圣之和者";盗跖,相传是柳下惠之弟,《史记·伯夷列传》说他是一个"日杀不辜,肝人之肉,暴戾恣睢,聚党数千人,横行天下"的大盗。

〔4〕"月白风清,如此良夜何?" 语出宋代苏轼《后赤壁赋》。

〔5〕"月黑杀人夜,风高放火天" 语出元代鞭然子《抚掌录》:"欧阳公(欧阳修)与人行令,各作诗两句,须犯徒(徒刑)以上罪者。一云:'持刀哄寡妇,下海劫人船。'一云:'月黑杀人夜,风高放火天。'欧云:'酒粘衫袖重,花压帽檐偏。'或问之,答云:'当此时,徒以上罪亦做了。'"

一九三三年

夜　颂[1]

游　光

　　爱夜的人,也不但是孤独者,有闲者,不能战斗者,怕光明者。

　　人的言行,在白天和在深夜,在日下和在灯前,常常显得两样。夜是造化所织的幽玄的天衣,普覆一切人,使他们温暖,安心,不知不觉的自己渐渐脱去人造的面具和衣裳,赤条条地裹在这无边际的黑絮似的大块里。

　　虽然是夜,但也有明暗。有微明,有昏暗,有伸手不见掌,有漆黑一团糟。爱夜的人要有听夜的耳朵和看夜的眼睛,自在暗中,看一切暗。君子们从电灯下走入暗室中,伸开了他的懒腰;爱侣们从月光下走进树阴里,突变了他的眼色。夜的降临,抹杀了一切文人学士们当光天化日之下,写在耀眼的白纸上的超然,混然,恍然,勃然,粲然的文章,只剩下乞怜,讨好,撒谎,骗人,吹牛,捣鬼的夜气,形成一个灿烂的金色的光圈,像见于佛画上面似的,笼罩在学识不凡的头脑上。

　　爱夜的人于是领受了夜所给与的光明。

　　高跟鞋的摩登女郎在马路边的电光灯下,阁阁的走得很起劲,但鼻尖也闪烁着一点油汗,在证明她是初学的时髦,假如长在明晃晃的照耀中,将使她碰着"没落"〔2〕的命运。一大排关着的店铺的昏暗助她一臂之力,使她放缓开足的马力,吐一口气,这时才觉得沁人心脾的夜里的拂拂的凉风。

爱夜的人和摩登女郎,于是同时领受了夜所给与的恩惠。

一夜已尽,人们又小心翼翼的起来,出来了;便是夫妇们,面目和五六点钟之前也何其两样。从此就是热闹,喧嚣。而高墙后面,大厦中间,深闺里,黑狱里,客室里,秘密机关里,却依然弥漫着惊人的真的大黑暗。

现在的光天化日,熙来攘往,就是这黑暗的装饰,是人肉酱缸上的金盖,是鬼脸上的雪花膏。只有夜还算是诚实的。我爱夜,在夜间作《夜颂》。

六月八日。

* * *

〔1〕 本篇最初发表于1933年6月10日《申报·自由谈》。

〔2〕 "没落" 在"革命文学"论争中,创造社成员曾讥讽作者"没落"(见1928年5月《创造月刊》第一卷第十一期成仿吾的《毕竟是"醉眼陶然"罢了》),这里借引此语。

推[1]

丰之余

两三月前,报上好像登过一条新闻,说有一个卖报的孩子,踏上电车的踏脚去取报钱,误踹住了一个下来的客人的衣角,那人大怒,用力一推,孩子跌入车下,电车又刚刚走动,一时停不住,把孩子碾死了。

推倒孩子的人,却早已不知所往。但衣角会被踹住,可见穿的是长衫,即使不是"高等华人",总该是属于上等的。

我们在上海路上走,时常会遇见两种横冲直撞,对于对面或前面的行人,决不稍让的人物。一种是不用两手,却只将直直的长脚,如入无人之境似的踏过来,倘不让开,他就会踏在你的肚子或肩膀上。这是洋大人,都是"高等"的,没有华人那样上下的区别。一种就是弯上他两条臂膊,手掌向外,像蝎子的两个钳一样,一路推过去,不管被推的人是跌在泥塘或火坑里。这就是我们的同胞,然而"上等"的,他坐电车,要坐二等所改的三等车,他看报,要看专登黑幕的小报,他坐着看得咽唾沫,但一走动,又是推。

上车,进门,买票,寄信,他推;出门,下车,避祸,逃难,他又推。推得女人孩子都跟跟跄跄,跌倒了,他就从活人上踏过,跌死了,他就从死尸上踏过,走出外面,用舌头舔舔自己的厚嘴唇，什么也不觉得。旧历端午，在一家戏场里，因为一句失火的谣言，就又是推，把十多个力量未足的少年踏死了。死尸摆在空地上，据说去看的又有万余人，人山人海，又是推。

推了的结果，是嘻开嘴巴，说道："阿唷，好白相来希〔2〕呀！"

住在上海，想不遇到推与踏，是不能的，而且这推与踏也还要廓大开去。要推倒一切下等华人中的幼弱者，要踏倒一切下等华人。这时就只剩了高等华人颂祝着——

"阿唷，真好白相来希呀。为保全文化起见，是虽然牺牲任何物质，也不应该顾惜的——这些物质有什么重要性呢！"

六月八日。

*　　*　　*

〔1〕　本篇最初发表于1933年6月11日《申报·自由谈》。

〔2〕　好白相来希　上海话，好玩得很的意思。

二丑艺术[1]

丰之余

浙东的有一处的戏班中,有一种脚色叫作"二花脸",译得雅一点,那么,"二丑"就是。他和小丑的不同,是不扮横行无忌的花花公子,也不扮一味仗势的宰相家丁,他所扮演的是保护公子的拳师,或是趋奉公子的清客。总之:身分比小丑高,而性格却比小丑坏。

义仆是老生扮的,先以谏诤,终以殉主;恶仆是小丑扮的,只会作恶,到底灭亡。而二丑的本领却不同,他有点上等人模样,也懂些琴棋书画,也来得行令猜谜,但倚靠的是权门,凌蔑的是百姓,有谁被压迫了,他就来冷笑几声,畅快一下,有谁被陷害了,他又去吓唬一下,吆喝几声。不过他的态度又并不常常如此的,大抵一面又回过脸来,向台下的看客指出他公子的缺点,摇着头装起鬼脸道:你看这家伙,这回可要倒楣哩!

这最末的一手,是二丑的特色。因为他没有义仆的愚笨,也没有恶仆的简单,他是智识阶级。他明知道自己所靠的是冰山,一定不能长久,他将来还要到别家帮闲,所以当受着豢养,分着余炎的时候,也得装着和这贵公子并非一伙。

二丑们编出来的戏本上,当然没有这一种脚色的,他那里肯;小丑,即花花公子们编出来的戏本,也不会有,因为他们只看见一面,想不到的。这二花脸,乃是小百姓看透了这一种人,提出精华来,制定了的脚色。

世间只要有权门,一定有恶势力,有恶势力,就一定有二花脸,而且有二花脸艺术。我们只要取一种刊物,看他一个星期,就会发现他忽而怨恨春天,忽而颂扬战争,忽而译萧伯纳[2]演说,忽而讲婚姻问题;但其间一定有时要慷慨激昂的表示对于国事的不满:这就是用出末一手来了。

这最末的一手,一面也在遮掩他并不是帮闲,然而小百姓是明白的,早已使他的类型在戏台上出现了。

六月十五日。

* * *

〔1〕 本篇最初发表于1933年6月18日《申报·自由谈》。

〔2〕 萧伯纳(G. B. Shaw,1856—1950) 英国剧作家、批评家。生于爱尔兰的都柏林。主要作品有剧本《华伦夫人的职业》、《巴巴拉少校》等。

偶　成[1]

苇　索

善于治国平天下的人物,真能随处看出治国平天下的方法来,四川正有人以为长衣消耗布匹,派队剪除[2];上海又有名公要来整顿茶馆[3]了,据说整顿之处,大略有三:一是注意卫生,二是制定时间,三是施行教育。

第一条当然是很好的;第二条,虽然上馆下馆,一一摇铃,好像学校里的上课,未免有些麻烦,但为了要喝茶,没有法,也不算坏。

最不容易是第三条。"愚民"的到茶馆来,是打听新闻,闲谈心曲之外,也来听听《包公案》[4]一类东西的,时代已远,真伪难明,那边妄言,这边妄听,所以他坐得下去。现在倘若改为"某公案",就恐怕不相信,不要听;专讲敌人的秘史,黑幕罢,这边之所谓敌人,未必就是他们的敌人,所以也难免听得不大起劲。结果是茶馆主人遭殃,生意清淡了。

前清光绪初年,我乡有一班戏班,叫作"群玉班",然而名实不符,戏做得非常坏,竟弄得没有人要看了。乡民的本领并不亚于大文豪,曾给他编过一支歌:

"台上群玉班,

　台下都走散。

偶　成

连忙关庙门，
　　两边墙壁都爬塌（平声），
连忙扯得牢，
　　只剩下一担馄饨担。"

　　看客的取舍，是没法强制的，他若不要看，连拖也无益。即如有几种刊物，有钱有势，本可以风行天下的了，然而不但看客有限，连投稿也寥寥，总要隔两月才出一本。讽刺已是前世纪的老人的梦呓[5]，非讽刺的好文艺，好像也将是后世纪的青年的出产了。

六月十五日。

*　　*　　*

〔1〕　本篇最初发表于1933年6月22日《申报·自由谈》。

〔2〕　派队剪除长衣的事，指当时四川军阀杨森的所谓"短衣运动"。《论语》半月刊第十八期（1933年6月1日）"古香斋"栏曾转载"杨森治下营山县长罗象翥禁穿长衫令"，其中说："查自本军接防以来，业经军长通令戍区民众，齐着短服在案。……着自4月16日起，由公安局派队，随带剪刀，于城厢内外梭巡，遇有玩视禁令，仍着长服者，立即执行剪衣，勿稍瞻徇。"参看本书《"滑稽"例解》。

〔3〕　整顿茶馆　1933年6月11日上海《大晚报》"星期谈屑"刊载署名"蓼"的《改良坐茶馆》一文，其中说对群众聚集的茶馆"不能淡然置之"，建议国民党当局把茶馆变为对群众"输以教育"的场所，并提出"改良茶馆的设备"、"规定坐茶馆的时间"、"加以民众教育的设备"等办法。

〔4〕　《包公案》　又名《龙图公案》，明代公案小说，写宋代清官

包拯断案的故事。

〔5〕 讽刺已是前世纪的老人的梦呓　1933年6月11日《大晚报·火炬》登载法鲁的《到底要不要自由》一文,攻击鲁迅等写的杂文说:"讥刺嘲讽更已属另一年代的老人所发的呓语。"

谈 蝙 蝠[1]

游 光

人们对于夜里出来的动物,总不免有些讨厌他,大约因为他偏不睡觉,和自己的习惯不同,而且在昏夜的沉睡或"微行"[2]中,怕他会窥见什么秘密罢。

蝙蝠虽然也是夜飞的动物,但在中国的名誉却还算好的。这也并非因为他吞食蚊虻,于人们有益,大半倒在他的名目,和"福"字同音。以这么一副尊容而能写入画图,实在就靠着名字起得好。还有,是中国人本来愿意自己能飞的,也设想过别的东西都能飞。道士要羽化,皇帝想飞升,有情的愿作比翼鸟[3]儿,受苦的恨不得插翅飞去。想到老虎添翼,便毛骨耸然,然而青蚨[4]飞来,则眉眼莞尔。至于墨子的飞鸢[5]终于失传,飞机非募款到外国去购买不可[6],则是因为太重了精神文明的缘故,势所必至,理有固然,毫不足怪的。但虽然不能够做,却能够想,所以见了老鼠似的东西生着翅子,倒也并不诧异,有名的文人还要收为诗料,诌出什么"黄昏到寺蝙蝠飞"[7]那样的佳句来。

西洋人可就没有这么高情雅量,他们不喜欢蝙蝠。推源祸始,我想,恐怕是应该归罪于伊索[8]的。他的寓言里,说过鸟兽各开大会,蝙蝠到兽类里去,因为他有翅子,兽类不收,到

13

鸟类里去，又因为他是四足，鸟类不纳，弄得他毫无立场，于是大家就讨厌这作为骑墙的象征的蝙蝠了。

中国近来拾一点洋古典，有时也奚落起蝙蝠来。但这种寓言，出于伊索，是可喜的，因为他的时代，动物学还幼稚得很。现在可不同了，鲸鱼属于什么类，蝙蝠属于什么类，就是小学生也都知道得清清楚楚。倘若还拾一些希腊古典，来作正经话讲，那就只足表示他的知识，还和伊索时候，各开大会的两类绅士淑女们相同。

大学教授梁实秋先生以为橡皮鞋是草鞋和皮鞋之间的东西，[9]那知识也相仿，假使他生在希腊，位置是说不定会在伊索之下的，现在真可惜得很，生得太晚一点了。

六月十六日。

* * *

〔1〕 本篇最初发表于1933年6月25日《申报·自由谈》。

〔2〕 "微行" 旧时帝王、大臣隐藏自己身分改装出行。

〔3〕 比翼鸟 传说中的鸟名，《尔雅·释地》晋代郭璞注说它"青赤色，一目一翼，相得乃飞"。旧时常用以比喻情侣。

〔4〕 青蚨 传说中的虫名，过去诗文中曾用作钱的代称。晋代干宝《搜神记》卷十三载："南方有虫，……名青蚨，形似蝉而稍大，……生子必依草叶，大如蚕子。取其子，母即飞来。……以母血涂钱八十一文，以子血涂钱八十一文，每市物，或先用母钱，或先用子钱，皆复飞归，轮转无已。"

〔5〕 墨子的飞鸢 墨子（约前468—前376），名翟，春秋战国之

际鲁国人,墨家学派创始人。墨子制飞鸢事,见《韩非子·外储说》(左上):"墨子为木鸢,三年而成,蜚(飞)一日而败。"又见《淮南子·齐俗训》:"鲁般、墨子以木为鸢而飞之,三日不集。"在《墨子》一书中,则仅有公输般(一说即鲁般)"削竹木以为鹊"的记载(见《鲁问》篇)。

〔6〕 1933年1月,国民党政府决定举办航空救国飞机捐,组织中华航空救国会(后更名为中国航空协会),宣称要"集合全国民众力量,辅助政府,努力航空事业",在全国各地发行航空奖券,进行募捐。

〔7〕 "黄昏到寺蝙蝠飞" 语出唐代韩愈《山石》诗:"山石荦确行径微,黄昏到寺蝙蝠飞。"

〔8〕 伊索(Aesop,约前六世纪) 相传是古希腊寓言作家,奴隶出身,因机智博学获释为自由民。所编寓言经后人加工和补充,集成现在流传的《伊索寓言》。该书《蝙蝠与黄鼠狼》一篇,说一只蝙蝠被与鸟类为敌的黄鼠狼捉住时,自称是老鼠,后来被另一只仇恨鼠类的黄鼠狼捉住时,又自称是蝙蝠,因而两次都被放了。鲁迅文中所说的情节与这一篇相近。

〔9〕 梁实秋(1902—1987) 浙江杭县人,新月派主要成员。梁实秋在《论第三种人》一文中曾说:"鲁迅先生最近到北平,做过数次演讲,有一次讲题是《第三种人》。……这一回他举了一个譬喻说,胡适之先生等所倡导的新文学运动,是穿着皮鞋踏入文坛,现在的普罗运动,是赤脚的也要闯入文坛。随后报纸上就有人批评说,鲁迅先生演讲的那天既未穿皮鞋亦未赤脚,而登着一双帆布胶皮鞋,正是'第三种人。'"(据《偏见集》)按鲁迅曾于1932年11月27日在北京师范大学讲演,讲题为《再论"第三种人"》。

"抄 靶 子"[1]

旅 隼

　　中国究竟是文明最古的地方,也是素重人道的国度,对于人,是一向非常重视的。至于偶有凌辱诛戮,那是因为这些东西并不是人的缘故。皇帝所诛者,"逆"也,官军所剿者,"匪"也,刽子手所杀者,"犯"也。满洲人"入主中夏",不久也就染了这样的淳风,雍正皇帝要除掉他的弟兄,就先行御赐改称为"阿其那"与"塞思黑"[2],我不懂满洲话,译不明白,大约是"猪"和"狗"罢。黄巢[3]造反,以人为粮,但若说他吃人,是不对的,他所吃的物事,叫作"两脚羊"。

　　时候是二十世纪,地方是上海,虽然骨子里永是"素重人道",但表面上当然会有些不同的。对于中国的有一部分并不是"人"的生物,洋大人如何赐谥,我不得而知,我仅知道洋大人的下属们所给与的名目。

　　假如你常在租界的路上走,有时总会遇见几个穿制服的同胞和一位异胞(也往往没有这一位),用手枪指住你,搜查全身和所拿的物件。倘是白种,是不会指住的;黄种呢,如果被指的说是日本人,就放下手枪,请他走过去;独有文明最古的黄帝子孙,可就"则不得免焉"[4]了。这在香港,叫作"搜身",倒也还不算很失了体统,然而上海则竟谓之"抄靶子"。

抄者,搜也,靶子是该用枪打的东西,我从前年九月以来[5],才知道这名目的的确。四万万靶子,都排在文明最古的地方,私心在侥幸的只是还没有被打着。洋大人的下属,实在给他的同胞们定了绝好的名称了。

然而我们这些"靶子"们,自己互相推举起来的时候却还要客气些。我不是"老上海",不知道上海滩上先前的相骂,彼此是怎样赐谥的了。但看看记载,还不过是"曲辫子","阿木林"[6]。"寿头码子"虽然已经是"猪"的隐语,然而究竟还是隐语,含有宁"雅"而不"达"[7]的高谊。若夫现在,则只要被他认为对于他不大恭顺,他便圆睁了绽着红筋的两眼,挤尖喉咙,和口角的白沫同时喷出两个字来道:猪猡!

六月十六日。

* * *

〔1〕 本篇最初发表于1933年6月20日《申报·自由谈》。

〔2〕 清朝雍正皇帝(胤禛,康熙第四子)未即位前,和他的兄弟争谋皇位;即位以后,于雍正四年(1726)命削去他的弟弟胤禩(康熙第八子)和胤禟(康熙第九子)二人宗籍,并改胤禩名为"阿其那",改胤禟名为"塞思黑"。在满语中,前者是狗的意思,后者是猪的意思。

〔3〕 黄巢(?—884) 曹州冤句(今山东曹县)人,唐末农民起义领袖。旧史书、笔记中多有言其残暴的记载。《旧唐书·黄巢传》说他起义时"俘人而食",但无"两脚羊"的名称。鲁迅引用此语,当出自南宋庄季裕《鸡肋编》中:"自靖康丙午岁(1126),金狄乱华,六七年间,山东、京西、淮南等路,荆榛千里,斗米至数十千,且不可得。盗贼官兵

以至居民,更互相食,人肉之价,贱于犬豕,肥壮者一枚不过十五千,全躯暴以为腊。登州范温率忠义之人,绍兴癸丑岁(1133)泛海到钱塘,有持至行在(杭州)犹食者。老瘦男子谓之饶把火,妇人少艾者名之不羡羊,小儿呼为和骨烂;又通目为两脚羊。"

〔4〕 "则不得免焉" 语出《孟子·梁惠王(下)》:"滕,小国也。竭力以事大国,则不得免焉。"免,指免受欺凌。

〔5〕 前年九月以来 指1931年九一八事变以来。

〔6〕 "曲辫子" 汪仲贤《上海俗语图说》:"上海人目初到上海者为'曲辫子'。"骂人话,意为猪,因猪尾巴短如辫,常卷曲。"阿木林",即傻子,也是上海话。

〔7〕 宁"雅"而不"达" 清末严复在《天演论·译例言》中曾说"译事三难:信、达、雅"。一般认为"信"指忠实于原作;"达"指语言通顺明白;"雅"指文雅。

"吃白相饭"[1]

旅隼

要将上海的所谓"白相",改作普通话,只好是"玩耍";至于"吃白相饭",那恐怕还是用文言译作"不务正业,游荡为生",对于外乡人可以比较的明白些。

游荡可以为生,是很奇怪的。然而在上海问一个男人,或向一个女人问她的丈夫的职业的时候,有时会遇到极直截的回答道:"吃白相饭的。"

听的也并不觉得奇怪,如同听到了说"教书","做工"一样。倘说是"没有什么职业",他倒会有些不放心了。

"吃白相饭"在上海是这么一种光明正大的职业。

我们在上海的报章上所看见的,几乎常是这些人物的功绩;没有他们,本埠新闻是决不会热闹的。但功绩虽多,归纳起来也不过是三段,只因为未必全用在一件事情上,所以看起来好像五花八门了。

第一段是欺骗。见贪人就用利诱,见孤愤的就装同情,见倒霉的则装慷慨,但见慷慨的却又会装悲苦,结果是席卷了对手的东西。

第二段是威压。如果欺骗无效,或者被人看穿了,就脸孔一翻,化为威吓,或者说人无礼,或者诬人不端,或者赖人欠钱,或者并不说什么缘故,而这也谓之"讲道理",结果还是席卷了对手的东西。

第三段是溜走。用了上面的一段或兼用了两段而成功了,就一溜烟走掉,再也寻不出踪迹来。失败了,也是一溜烟走掉,再也寻不出踪迹来。事情闹得大一点,则离开本埠,避过了风头再出现。

有这样的职业,明明白白,然而人们是不以为奇的。

"白相"可以吃饭,劳动的自然就要饿肚,明明白白,然而人们也不以为奇。

但"吃白相饭"朋友倒自有其可敬的地方,因为他还直直落落的告诉人们说,"吃白相饭的"!

六月二十六日。

* * *

〔1〕 本篇最初发表于1933年6月29日《申报·自由谈》。

华德保粹优劣论[1]

孺 牛

希特拉[2]先生不许德国境内有别的党,连屈服了的国权党[3]也难以幸存,这似乎颇感动了我们的有些英雄们,已在称赞其"大刀阔斧"[4]。但其实这不过是他老先生及其之流的一面。别一面,他们是也很细针密缕的。有歌为证:

跳蚤做了大官了,

带着一伙各处走。

皇后宫嫔都害怕,

谁也不敢来动手。

即使咬得发了痒罢,

要挤烂它也怎么能够。

嗳哈哈,嗳哈哈,哈哈,嗳哈哈!

这是大家知道的世界名曲《跳蚤歌》[5]的一节,可是在德国已被禁止了。当然,这决不是为了尊敬跳蚤,乃是因为它讽刺大官;但也不是为了讽刺是"前世纪的老人的呓语",却是为着这歌曲是"非德意志的"。华德大小英雄们,总不免偶有隔膜之处。

中华也是诞生细针密缕人物的所在,有时真能够想得入微,例如今年北平社会局呈请市政府查禁女人养雄犬

准风月谈

文[6]云：

"……查雌女雄犬相处，非仅有碍健康，更易发生无耻秽闻，揆之我国礼义之邦，亦为习俗所不许，谨特通令严禁，除门犬猎犬外，凡妇女带养之雄犬，斩之无赦，以为取缔。"

两国的立脚点，是都在"国粹"的，但中华的气魄却较为宏大，因为德国不过大家不能唱那一出歌而已，而中华则不但"雌女"难以蓄犬，连"雄犬"也将砍头。这影响于叭儿狗，是很大的。由保存自己的本能，和应时势之需要，它必将变成"门犬猎犬"模样。

六月二十六日。

* * *

〔1〕 本篇最初发表于1933年7月2日《申报·自由谈》。

〔2〕 希特拉（A. Hitler, 1889—1945） 通译希特勒，德国法西斯首领。1933年1月出任内阁总理，1934年8月总统兴登堡死后，自称元首。对内实行法西斯恐怖统治，对外大肆扩张侵略。1939年9月他挑起第二次世界大战，1941年6月进攻苏联，1945年5月苏军攻克柏林时自杀。

〔3〕 国权党 一译民族党。在希特勒取得政权前后，与法西斯的国社党密切合作，其党魁休根堡曾任希特勒内阁的经济与农业部长。1933年6月，希特勒取缔除国社党以外的一切政党，民族党被迫解散，休根堡辞去部长职务。

〔4〕 "大刀阔斧" 见1933年6月23日《大晚报》所载未署名

的《希特勒的大刀阔斧》一文:"大刀阔斧,言行相符的手段,是希特勒从政的特色。"

〔5〕 《跳蚤歌》 德国歌德的诗剧《浮士德》中的一首政治讽刺诗,1879年俄国作曲家穆索尔斯基为此诗谱曲。

〔6〕 查禁女人养雄犬文 这段呈文转引自《论语》半月刊第十八期"古香斋"栏。参看本书《"滑稽"例解》。

华德焚书异同论[1]

孺　牛

德国的希特拉先生们一烧书[2],中国和日本的论者们都比之于秦始皇[3]。然而秦始皇实在冤枉得很,他的吃亏是在二世而亡,一班帮闲们都替新主子去讲他的坏话了。

不错,秦始皇烧过书,烧书是为了统一思想。但他没有烧掉农书和医书;他收罗许多别国的"客卿"[4],并不专重"秦的思想",倒是博采各种的思想的。秦人重小儿;始皇之母,赵女也,赵重妇人[5],所以我们从"剧秦"[6]的遗文中,也看不见轻贱女人的痕迹。

希特拉先生们却不同了,他所烧的首先是"非德国思想"的书,没有容纳客卿的魄力;其次是关于性的书,这就是毁灭以科学来研究性道德的解放,结果必将使妇人和小儿沉沦在往古的地位,见不到光明。而可比于秦始皇的车同轨,书同文[7]……之类的大事业,他们一点也做不到。

阿剌伯人攻陷亚历山德府[8]的时候,就烧掉了那里的图书馆,那理论是:如果那些书籍所讲的道理,和《可兰经》[9]相同,则已有《可兰经》,无须留了;倘使不同,则是异端,不该留了。这才是希特拉先生们的嫡派祖师——虽然阿剌伯人也是"非德国的"——和秦的烧书,是不能比较的。

但是结果往往和英雄们的预算不同。始皇想皇帝传至万世,而偏偏二世而亡,赦免了农书和医书,而秦以前的这一类书,现在却偏偏一部也不剩。希特拉先生一上台,烧书,打犹太人,不可一世,连这里的黄脸干儿们,也听得兴高彩烈,向被压迫者大加嘲笑,对讽刺文字放出讽刺的冷箭[10]来——到底还明白的冷冷的讯问道:你们究竟要自由不要?不自由,无宁死。现在你们为什么不去拚死呢?

这回是不必二世,只有半年,希特拉先生的门徒们在奥国一被禁止,连党徽也改成三色玫瑰了。最有趣的是因为不准叫口号,大家就以手遮嘴,用了"掩口式"。[11]

这真是一个大讽刺。刺的是谁,不问也罢,但可见讽刺也还不是"梦呓",质之黄脸干儿们,不知以为何如?

六月二十八日。

* * *

〔1〕 本篇最初发表于1933年7月11日《申报·自由谈》。

〔2〕 1933年希特勒执政后,实行文化专制政策,禁止所谓"非德意志"(即不符合纳粹思想)的书籍出版和流通。1933年5月起曾在柏林和其它城市焚烧书籍。

〔3〕 秦始皇　嬴政(前259—前210),战国时秦国国君,于公元前221年建立我国第一个中央集权的封建王朝。据《史记·秦始皇本纪》载,始皇三十四年(前213年),丞相李斯因当时博士中有人怀疑郡县制,以古非今,遂向秦始皇建议:"史官非秦记,皆烧之。非博士官所职,天下敢有藏《诗》、《书》、百家语者,悉诣守尉杂烧之。有敢偶语

《诗》《书》者,弃市。以古非今者,族。吏见知不举者,与同罪。令下三十日,不烧,黥为城旦。所不去者,医药、卜筮、种树之书。若欲有学法令,以吏为师。"秦始皇采纳了李斯的建议,下令将秦以前除农书和医书之外的古籍烧毁。

〔4〕 "客卿" 战国时代,某一诸侯国任用他国人担任官职,称之为"客卿"。如秦始皇的丞相李斯就是楚国人。

〔5〕 关于秦人重小儿,赵重妇人,见《史记·扁鹊列传》:"扁鹊名闻天下。过邯郸,闻(赵人)贵妇人,即为带下医;……来入咸阳,闻秦人爱小儿,即为小儿医:随俗为变。"又同书《秦始皇本纪》和《吕不韦列传》载,秦始皇的母亲,是赵国邯郸的一个"豪家女"。

〔6〕 "剧秦" 意思是很短促的秦朝。语出汉代扬雄《剧秦美新》:"二世而亡,何其剧与(欤)!"《文选·剧秦美新》唐代李善注:"剧,甚也,言促甚也。"

〔7〕 车同轨,书同文 语出《史记·秦始皇本纪》:"一法度衡石丈尺,车同轨,书同文字。"战国时诸侯割据一方,各国制度不同,秦始皇统一六国后,规定车轨一致;又规定以秦国的小篆作为标准字体推行全国;同时,还统一了货币和度量衡。

〔8〕 亚历山德府 即亚历山大,埃及最大的海港城市,在埃及托勒密王朝时期(前305—前30)是地中海东部政治、经济和文化的中心。该城图书馆藏书甚丰,公元前48年罗马人入侵时被焚烧过半;残存部分,传说公元641年阿拉伯人攻陷该城时被毁。

〔9〕《可兰经》 又译《古兰经》,伊斯兰教经典。共三十卷,为该教创立人穆罕默德的言行录,经后人整理成册传世。

〔10〕 对讽刺文字放出讽刺的冷箭 1933年6月11日《大晚报·火炬》登载法鲁的《到底要不要自由》一文,对得不到写作自由而被

迫用"弯弯曲曲"笔法的作者进行嘲讽。参看《伪自由书·后记》。

〔11〕 1933年1月希特勒执政后,极力策划德奥合并运动。奥地利的法西斯政党国社党也希望奥国能早日合并于德国。当时奥总理陶尔斐斯反对法西斯党的合并运动,他在5月间下令除国旗外禁止悬挂一切政党旗帜;随着德奥关系的紧张,奥政府又于6月解散奥国国社党,禁止佩带该党党徽,禁呼该党口号。有的国社党员因而用黑红白三色玫瑰花代替该党的卐字标志;或直立举右手,以左手掩口,作为呼口号的表示。

我谈"堕民"[1]

越　客

六月二十九日的《自由谈》里，唐弢[2]先生曾经讲到浙东的堕民，并且据《堕民猥谈》[3]之说，以为是宋将焦光瓒的部属，因为降金，为时人所不齿，至明太祖[4]，乃榜其门曰"丐户"，此后他们遂在悲苦和被人轻蔑的环境下过着日子。

我生于绍兴，堕民是幼小时候所常见的人，也从父老的口头，听到过同样的他们所以成为堕民的缘起。但后来我怀疑了。因为我想，明太祖对于元朝，尚且不肯放肆[5]，他是决不会来管隔一朝代的降金的宋将的；况且看他们的职业，分明还有"教坊"或"乐户"[6]的余痕，所以他们的祖先，倒是明初的反抗洪武和永乐皇帝的忠臣义士[7]也说不定。还有一层，是好人的子孙会吃苦，卖国者的子孙却未必变成堕民的，举出最近便的例子来，则岳飞[8]的后裔还在杭州看守岳王坟，可是过着很穷苦悲惨的生活，然而秦桧，严嵩[9]……的后人呢？……

不过我现在并不想翻这样的陈年账。我只要说，在绍兴的堕民，是一种已经解放了的奴才，这解放就在雍正年间罢[10]，也说不定。所以他们是已经都有别的职业的了，自然是贱业。男人们是收旧货，卖鸡毛，捉青蛙，做戏；女的则每逢过年过节,到她所认为主人的家里去道喜,有庆吊事情就帮忙,在这里还留着奴才的皮毛,但事毕便走,而且有颇多的犒赏,就可见是曾经解放过的了。

每一家堕民所走的主人家是有一定的,不能随便走;婆婆死了,就使儿媳妇去,传给后代,恰如遗产的一般;必须非常贫穷,将走动的权利卖给了别人,这才和旧主人断绝了关系。假使你无端叫她不要来了,那就是等于给与她重大的侮辱。我还记得民国革命之后,我的母亲曾对一个堕民的女人说,"以后我们都一样了,你们可以不要来了。"不料她却勃然变色,愤愤的回答道:"你说的是什么话?……我们是千年万代,要走下去的!"

就是为了一点点犒赏,不但安于做奴才,而且还要做更广泛的奴才,还得出钱去买做奴才的权利,这是堕民以外的自由人所万想不到的罢。

七月三日。

＊　　　＊　　　＊

〔1〕　本篇最初发表于1933年7月6日《申报·自由谈》。

〔2〕　唐弢(1913—1992)　浙江镇海人,作家。著有杂文集《推背集》、《短长书》等。他曾在1933年6月29日《申报·自由谈》发表《堕民》一文,其中有"辱国者的子孙作堕民,卖国的汉奸如果有子孙的话,至少也将是一种堕民"的话。

〔3〕　《堕民猥谈》　应作《堕民猥编》,作者不详。清代钱大昕编纂的《鄞县志》中,曾引录该书关于堕民的记载:"堕民,谓之丐户,……

准风月谈

相传为宋罪俘之遗,故摈之。丐自言则云宋将焦光赞部落,以叛宋投金故被斥。……元人名为怯怜户,明太祖定户籍,扁其门曰丐。……男子则捕蛙,卖饧……立冬打鬼,胡花帽鬼脸,钟鼓戏剧,种种沿门需索。其妇人则为人家挖发髻,剃妇面毛,习媒妁,伴良家新娶妇,梳发为髢。"(卷一《风俗》)

〔4〕 明太祖　即朱元璋(1328—1398),濠州钟离(今安徽凤阳)人,元末农民起义领袖之一。1368年推翻元朝统治,建立明王朝,改元洪武,庙号太祖。

〔5〕 明太祖对于元朝,尚且不肯放肆　明初对待元朝残余势力实行剿抚兼施政策,据《明史·太祖本纪》载:洪武三年(1370)五月,武将李文忠攻克应昌(今内蒙古自治区克什克腾旗),生擒元帝之子买的里八剌。六月,买的里八剌至京师,群臣请"献俘",明太祖不许,并封买的里八剌为崇礼侯。同时又因为李文忠的捷报过于夸耀,对宰相说:"元主中国百年,朕与卿等父母,皆赖其生养,奈何为此浮薄之言,亟改之。"洪武七年九月,又把买的里八剌放回;十一年四月,元主爱猷识理达腊死,明太祖于六月遣使致祭。鲁迅所说明太祖对元朝"不肯放肆",大概指的这类事情。

〔6〕 "教坊"　唐代开始设立的掌管教练女乐的机构。"乐户",封建时代罪人妻女被编入乐籍者,其名称最早见于《魏书·刑罚志》。两者实际都是官妓,相沿到清代雍正年间才废止。

〔7〕 反抗永乐皇帝的忠臣义士,有齐泰、景清、铁弦、方孝孺等人。朱元璋死后,由皇太孙朱允炆继位,即建文帝;不久,他的叔父燕王朱棣起兵夺取帝位,即永乐帝。当时齐泰、景清等人效忠建文反抗永乐,他们的妻子儿女及族人多同遭杀戮或被贬为奴(但未见到贬为堕民的明确记载)。反抗洪武(明太祖)的忠臣义士,未知何指。

〔8〕 岳飞(1103—1142)　字鹏举,相州汤阴(今属河南)人,南

宋名将。因坚持抗击金兵而被主降派宋高宗、秦桧杀害。岳飞被害后，初被偷偷草葬于杭州钱塘门外荒塚中，宋孝宗时改葬于杭州西湖西北岸。

〔9〕 秦桧(1090—1155) 字会之，江宁(今南京)人，北宋钦宗时任御史中丞，靖康间被金兵俘虏，得金主信任，不久纵归；南宋高宗时任宰相，是主张降金的内奸，杀害岳飞的主谋。严嵩(1480—1567)，字惟中，江西分宜人。明弘治进士，世宗时官至华盖殿大学士、太子太师、内阁首辅，横行济恶，构杀朝臣，是专权祸国的权奸。

〔10〕 据清代蒋良骐《东华录》载：雍正元年(1723)九月"除浙江绍兴府堕民丐籍"。

序 的 解 放[1]

桃 椎

一个人做一部书,"藏之名山,传之其人"[2],是封建时代的事,早已过去了。现在是二十世纪过了三十三年,地方是上海的租界上,做买办立刻享荣华,当文学家怎不马上要名利,于是乎有术存焉。

那术,是自己先决定自己是文学家,并且有点儿遗产或津贴。接着就自开书店,自办杂志,自登文章,自做广告,自报消息,自想花样……然而不成,诗的解放[3],先已有人,词的解放[4],只好骗鸟,于是乎"序的解放"起矣。

夫序,原是古已有之,有别人做的,也有自己做的。但这未免太迂,不合于"新时代"的"文学家"[5]的胃口。因为自序难于吹牛,而别人来做,也不见得定规拍马,那自然只好解放解放,即自己替别人来给自己的东西作序[6],术语曰"摘录来信",真说得好像锦上添花。"好评一束"还须附在后头,代序却一开卷就看见一大番颂扬,仿佛名角一登场,满场就大喝一声采,何等有趣。倘是戏子,就得先买许多留声机,自己将"好"叫进去,待到上台时候,一面一齐开起来。

可是这样的玩意儿给人戳穿了又怎么办呢?也有术的。立刻装出"可怜"相,说自己既无党派,也不借主义,又没有帮口,"向来不敢狂妄"〔7〕,毫没有"座谈"〔8〕时候的摇头摆尾的得意忘形的气味儿了,倒好像别人乃是反动派,杀人放火主义,青帮红帮,来欺侮了这位文弱而有天才的公子哥儿似的。

更有效的是说,他的被攻击,实乃因为"能力薄弱,无法满足朋友们之要求"。我们倘不知道这位"文学家"的性别,就会疑心到有许多有党派或帮口的人们,向他屡次的借钱,或向她使劲的求婚或什么,"无法满足",遂受了冤枉的报复的。

但我希望我的话仍然无损于"新时代"的"文学家",也"摘"出一条"好评"来,作为"代跋"罢:

"'藏之名山,传之其人',早已过去了。二十世纪,有术存焉,词的解放,解放解放,锦上添花,何等有趣?可是别人乃是反动派,来欺侮这位文弱而有天才的公子,实乃因为'能力薄弱,无法满足朋友们的要求',遂受了冤枉的报复的,无损于'新时代'的'文学家'也。"

七月五日。

* * *

〔1〕 本篇最初发表于1933年7月7日《申报·自由谈》。

〔2〕 "藏之名山,传之其人" 语出西汉司马迁《报任少卿书》:"仆诚以著此书(按指《史记》),藏诸名山,传之其人。"《文选》卷四十一选此文,唐代刘良注:"当时无圣人可以示之,故深藏之名山。"

〔3〕 诗的解放 指"五四"时期的白话诗运动。

〔4〕 词的解放 1933年曾今可在他主编的《新时代》月刊上提倡所谓"解放词",该刊第四卷第一期(1933年2月)出版"词的解放运

动专号"，其中载有他作的《画堂春》："一年开始日初长，客来慰我凄凉；偶然消遣本无妨，打打麻将。都喝干杯中酒，国家事管他娘；樽前犹幸有红妆，但不能狂。"

〔5〕 "新时代"的"文学家"　指曾今可（1901—1971），江西泰和人。他当时主持的书局和刊物，都用"新时代"的名称。

〔6〕 自己替别人来给自己的东西作序　指曾今可用崔万秋的名字为自己的诗集《两颗星》作序吹捧自己一事。下文的"好评一束"，指曾今可在《两颗星·自序》中罗列的"读者的好评"。

〔7〕 "向来不敢狂妄"　这是曾今可在1933年7月4日《申报》刊登的答复崔万秋的启事中的话："鄙人既未有党派作护符，也不借主义为工具，更无集团的背景，向来不敢狂妄。惟能力薄弱，无法满足朋友们之要求，遂不免获罪于知己。……（虽自幸未尝出卖灵魂，亦足见没有'帮口'的人的可怜了！）"

〔8〕 "座谈"　指曾今可邀集一些人举办"文艺漫谈会"和他主办《文艺座谈》杂志（1933年7月1日出版）。

别一个窃火者[1]

丁 萌

火的来源,希腊人以为是普洛美修斯[2]从天上偷来的,因此触了大神宙斯之怒,将他锁在高山上,命一只大鹰天天来啄他的肉。

非洲的土人瓦仰安提族[3]也已经用火,但并不是由希腊人传授给他们的。他们另有一个窃火者。

这窃火者,人们不能知道他的姓名,或者早被忘却了。他从天上偷了火来,传给瓦仰安提族的祖先,因此触了大神大拉斯之怒,这一段,是和希腊古传相像的。但大拉斯的办法却两样了,并不是锁他在山巅,却秘密的将他锁在暗黑的地窖子里,不给一个人知道。派来的也不是大鹰,而是蚊子,跳蚤,臭虫,一面吸他的血,一面使他皮肤肿起来。这时还有蝇子们,是最善于寻觅创伤的脚色,嗡嗡的叫,拚命的吸吮,一面又拉许多蝇粪在他的皮肤上,来证明他是怎样地一个不干净的东西。

然而瓦仰安提族的人们,并不知道这一个故事。他们单知道火乃酋长的祖先所发明,给酋长作烧死异端和烧掉房屋之用的。

幸而现在交通发达了,非洲的蝇子也有些飞到中国来,我

35

从它们的嗡嗡营营声中,听出了这一点点。

七月八日。

※ ※ ※

〔1〕 本篇最初发表于1933年7月9日《申报·自由谈》。

〔2〕 普洛美修斯　希腊神话中造福人类的神。相传他从主神宙斯那里偷了火种给予人类,受到宙斯的惩罚。

〔3〕 瓦仰安提族　即瓦尼亚姆威齐(Wanyamwezi)人,意思是"月亮之民"。东非坦桑尼亚的主要民族之一,属班图语系。原信祖先崇拜,现多已为基督教和伊斯兰教所取代。

智 识 过 剩[1]

虞 明

世界因为生产过剩,所以闹经济恐慌。虽然同时有三千万以上的工人挨饿,但是粮食过剩仍旧是"客观现实",否则美国不会赊借麦粉[2]给我们,我们也不会"丰收成灾"[3]。

然而智识也会过剩的,智识过剩,恐慌就更大了。据说中国现行教育在乡间提倡愈甚,则农村之破产愈速[4]。这大概是智识的丰收成灾了。美国因为棉花贱,所以在铲棉田了。中国却应当铲智识。这是西洋传来的妙法。

西洋人是能干的。五六年前,德国就嚷着大学生太多了,一些政治家和教育家,大声疾呼的劝告青年不要进大学。现在德国是不但劝告,而且实行铲除智识了:例如放火烧毁一些书籍,叫作家把自己的文稿吞进肚子去[5],还有,就是把一群群的大学生关在营房里做苦工,这叫做"解决失业问题"。中国不是也嚷着文法科的大学生过剩[6]吗?其实何止文法科。就是中学生也太多了。要用"严厉的"会考制度[7],像铁扫帚似的——刷,刷,刷,把大多数的智识青年刷回"民间"去。

智识过剩何以会闹恐慌?中国不是百分之八九十的人还不识字吗?然而智识过剩始终是"客观现实",而由此而来的恐慌,也是"客观现实"。智识太多了,不是心活,就是心软。

心活就会胡思乱想,心软就不肯下辣手。结果,不是自己不镇静,就是妨害别人的镇静。于是灾祸就来了。所以智识非铲除不可。

然而单是铲除还是不够的。必须予以适合实用之教育,第一,是命理学——要乐天知命,命虽然苦,但还是应当乐。第二,是识相学——要"识相点",知道点近代武器的利害。至少,这两种适合实用的学问是要赶快提倡的。提倡的方法很简单:——古代一个哲学家反驳唯心论,他说,你要是怀疑这碗麦饭的物质是否存在,那最好请你吃下去,看饱不饱。现在譬如说罢,要叫人懂得电学,最好是使他触电,看痛不痛;要叫人知道飞机等类的效用,最好是在他头上驾起飞机,掷下炸弹,看死不死……

有了这样的实用教育,智识就不过剩了。亚门[8]!

七月十二日。

* * *

〔1〕 本篇最初发表于1933年7月16日《申报·自由谈》。

〔2〕 赊借麦粉 1933年5月,国民党政府财政部长宋子文在华盛顿与美国复兴金融公司签定"棉麦借款"合同,借款五千万美元,规定以五分之四购买美棉,五分之一购买美麦。

〔3〕 "丰收成灾" 1932年长江流域各省丰收,但由于帝国主义和国民党政府以及地主和商人的操纵,谷价大跌,造成了丰收地区农民的灾难。

〔4〕 见1933年7月11日《申报》载上海市市长吴铁城的谈话,

他把当时农村破产的主要原因荒谬地归之于"现行教育制度不适合农村环境之需要",说"现行教育制度在乡间提倡愈甚,则农村之破产愈速。故欲求农村之发达,必须予以适合实用之教育。"

〔5〕 文稿吞进肚子去　宋庆龄在1933年5月13日发表的《抗议希特勒暴行》中提到:"小说家汉斯·鲍尔被迫吞下他自己的原稿。"

〔6〕 文法科的大学生过剩　1933年5月国民党政府教育部命令各大学限制招收文法科学生,令文中说:"吾国数千年来尚文积习,相沿既深,求学者因以是为趋向,而文法等科又设备较简,办学者亦往往避难就易,遂致侧重人文,忽视生产,形成人才过剩与缺乏之矛盾现象。"(据1933年5月22日《申报》)

〔7〕 会考制度　国民党政府自1933年度开始,规定全国各中小学学生届毕业时,除校内毕业考试以外,还须会同他校毕业生参加当地教育行政机关所主持的一次考试,称为会考,及格者才得毕业。

〔8〕 亚门　希伯来文 āmēn 的音译,一译"阿门"。犹太教徒和基督教徒祈祷结束时的用语,表示"诚心所愿"。

诗 和 预 言[1]

虞 明

预言总是诗,而诗人大半是预言家。然而预言不过诗而已,诗却往往比预言还灵。

例如辛亥革命的时候,忽然发现了:

"手执钢刀九十九,杀尽胡儿方罢手。"

这几句《推背图》[2]里的预言,就不过是"诗"罢了。那时候,何尝只有九十九把钢刀?还是洋枪大炮来得厉害:该着洋枪大炮的后来毕竟占了上风,而只有钢刀的却吃了大亏。况且当时的"胡儿",不但并未"杀尽",而且还受了优待[3],以至于现在还有"伪"溥仪出风头[4]的日子。所以当做预言看,这几句歌诀其实并没有应验。——死板的照着这类预言去干,往往要碰壁,好比前些时候,有人特别打了九十九把钢刀[5],去送给前线的战士,结果,只不过在古北口等处流流血,给人证明国难的不可抗性。——倒不如把这种预言歌诀当做"诗"看,还可以"以意逆志,自谓得之"[6]。

至于诗里面,却的确有着极深刻的预言。我们要找预言,与其读《推背图》,不如读诗人的诗集。也许这个年头又是应当发现什么的时候了罢,居然找着了这么几句:

"此辈封狼从瘦狗,生平猎人如猎兽,

诗 和 预 言

万人一怒不可回,会看太白悬其首。"

汪精卫[7]著《双照楼诗词稿》:译嚣俄[8]之《共和二年之战士》

这怎么叫人不"拍案叫绝"呢?这里"封狼从瘦狗",自己明明是畜生,却偏偏把人当做畜生看待:畜生打猎,而人反而被猎!"万人"的愤怒的确是不可挽回的了。嚣俄这诗,是说的一七九三年(法国第一共和二年)的帝制党,他没有料到一百四十年之后还会有这样的应验。

汪先生译这几首诗的时候,不见得会想到二三十年之后中国已经是白话的世界。现在,懂得这种文言诗的人越发少了,这很可惜。然而预言的妙处,正在似懂非懂之间,叫人在事情完全应验之后,方才"恍然大悟"。这所谓"天机不可泄漏也"。

七月二十日。

*　　*　　*

〔1〕 本篇最初发表于1933年7月23日《申报·自由谈》。

〔2〕《推背图》 一种谶纬图册。《宋史·艺文志》列为五行家的著作,不题撰人,南宋岳珂《桯史》以为唐代李淳风撰。现存传本一卷共六十图,前五十九图预测以后历代兴亡变乱,第六十图画的是唐代袁天纲要李淳风停止继续预测而推李的背脊的动作,故后来又被认作李袁二人同撰。《桯史》卷一《艺祖禁谶书》说:"唐李淳风作《推背图》。五季之乱,王侯崛起,人有幸心,故其学益炽,闭口张弓之谶,吴越至以遍名其子,……宋兴,受命之符尤为著明。艺祖(按历代称太祖或高祖为"艺祖",此处指宋太祖)即位,始诏禁谶书,惧其惑民志,以繁刑辟。然图传已数百年,民间多有藏本,不复可收拾,有司患之。一日,赵韩

王以开封具狱奏,因言'犯者至众,不可胜诛'。上曰:'不必多禁,正当混之耳。'乃命取旧本,自已验之外,皆紊其次而杂书之,凡为百本,使与存者并行。于是传者懵其先后,莫知其孰讹;间有存者,不复验,亦弃弗藏矣。"手执钢刀九十九,杀尽胡儿方罢手",是《烧饼歌》中的两句。辛亥革命时,革命党人中常流传着这两句话,表示对满族统治者的仇恨。《烧饼歌》相传是明代刘基(伯温)所撰,旧时常附刊于《推背图》书后。

〔3〕 指清皇室受优待,辛亥革命后,南京临时政府与清廷谈判议决,对退位后的清帝给以优待,仍保留其皇帝称号。袁世凯复辟帝制时,曾"申令清室优待条件永不变更"。

〔4〕 溥仪出风头 1932年3月"满洲国"在长春成立,以清废帝溥仪为"执政"。

〔5〕 打了九十九把钢刀 1933年4月12日《申报》载,当时上海有个叫王述的人,与亲友捐资特制大刀九十九柄,赠给防守喜峰口等处的宋哲元部队。

〔6〕 "以意逆志,自谓得之" 语出《孟子·万章(上)》:"说《诗》者,不以文害辞,不以辞害志;以意逆志,是为得之。"

〔7〕 汪精卫(1883—1944) 名兆铭,原籍浙江绍兴,生于广东番禺。早年参加同盟会,历任国民党政府行政院长等要职及该党副总裁。自九一八事变后,他一直主张对日本侵略者妥协,1938年12月公开投敌,1940年3月在南京组织伪国民政府,任主席。1944年11月死于日本。他的《双照楼诗词稿》,1930年12月由民信公司出版。

〔8〕 嚣俄(V. Hugo,1802—1885) 通译雨果,法国作家。著有长篇小说《巴黎圣母院》、《悲惨世界》等。他在1853年写作长诗《斥盲从》(收入政治讽刺诗集《惩罚集》),歌颂1793年(即共和二年)法国大

革命时期共和国士兵奋起抗击欧洲封建联盟国家武装干涉的英雄业绩,谴责1851年拿破仑三世发动政变时的追随者。汪精卫译的《共和二年之战士》,系该诗第一节。

"推"的余谈[1]

丰之余

看过了《第三种人的"推"》[2],使我有所感:的确,现在"推"的工作已经加紧,范围也扩大了。三十年前,我也常坐长江轮船的统舱,却还没有这样的"推"得起劲。

那时候,船票自然是要买的,但无所谓"买铺位",买的时候也有,然而是另外一回事。假如你怕占不到铺位,一早带着行李下船去罢,统舱里全是空铺,只有三五个人们。但要将行李搁下空铺去,可就窒碍难行了,这里一条扁担,那里一束绳子,这边一卷破席,那边一件背心,人们中就跑出一个人来说,这位置是他所占有的。但其时可以开会议,崇和平,买他下来,最高的价值大抵是八角。假如你是一位战斗的英雄,可就容易对付了,只要一声不响,坐在左近,待到铜锣一响,轮船将开,这些地盘主义者便抓了扁担破席之类,一溜烟都逃到岸上去,抛下了卖剩的空铺,一任你悠悠然搁上行李,打开睡觉了。倘或人浮于铺,没法容纳,我们就睡在铺旁,船尾,"第三种人"是不来"推"你的。只有歇在房舱门外的人们,当账房查票时却须到统舱里去避一避。

至于没有买票的人物,那是要被"推"无疑的。手续是没收物品之后,吊在桅杆或什么柱子上,作要打之状,但据我的目击，真打的时候是极少的，这样的到了最近的码头，便把他"推"上去。据茶房说，也可以"推"入货舱，运回他下船的原处，但他们不想这么做，因为"推"上最近的码头，他究竟走了一个码头，一个一个的"推"过去，虽然吃些苦，后来也就到了目的地了。

古之"第三种人"，好像比现在的仁善一些似的。

生活的压迫，令人烦冤，胡涂中看不清冤家，便以为家人路人，在阻碍了他的路，于是乎"推"。这不但是保存自己，而且是憎恶别人了，这类人物一阔气，出来的时候是要"清道"的。

我并非眷恋过去，不过说，现在"推"的工作已经加紧，范围也扩大了罢了。但愿未来的阔人，不至于把我"推"上"反动"的码头去——则幸甚矣。

七月二十四日。

*　　　*　　　*

〔1〕 本篇最初发表于1933年7月27日《申报·自由谈》。

〔2〕 《第三种人的"推"》 载1933年7月24日《申报·自由谈》，作者署名达伍（即廖沫沙）。他所说的"第三种人"，是指鲁迅在《推》中所说的"洋大人"和"上等"华人以外的另一种人。达伍的文中说："这种人，既非'上等'，亦不便列作下等。然而他要帮闲'上等'的来推'下等'的。"又举长江轮船上的情形为例说："买了统舱票的要被房舱里的人推，单单买了船票，而不买床位的要被无论那一舱的人推，推得你无容身之地。至于连船票也买不起的人，就直率了当，推上岸或

推下水去。万一船开了，才被发现，就先在你身上穷搜一遍，在衣角上或裤腰带里搜出一毛两毛，或十几枚铜元，尽数取去，充作船费，然后把你推下船底的货舱了事。……这些事，都由船上的'帮闲'者们来干，使用的是'第三种推'法。"

查　旧　帐[1]

旅　隼

这几天,听涛社出了一本《肉食者言》[2],是现在的在朝者,先前还是在野时候的言论,给大家"听其言而观其行"[3],知道先后有怎样的不同。那同社出版的周刊《涛声》[4]里,也常有同一意思的文字。

这是查旧帐,翻开帐簿,打起算盘,给一个结算,问一问前后不符,是怎么的,确也是一种切实分明,最令人腾挪不得的办法。然而这办法之在现在,可未免太"古道"了。

古人是怕查这种旧帐的,蜀的韦庄[5]穷困时,做过一篇慷慨激昂,文字较为通俗的《秦妇吟》,真弄得大家传诵,待到他显达之后,却不但不肯编入集中,连人家的钞本也想设法消灭了。当时不知道成绩如何,但看清朝末年,又从敦煌的山洞中掘出了这诗的钞本,就可见是白用心机了的,然而那苦心却也还可以想见。

不过这是古之名人。常人就不同了,他要抹杀旧帐,必须砍下脑袋,再行投胎。斩犯绑赴法场的时候,大叫道,"过了二十年,又是一条好汉!"为了另起炉灶,从新做人,非经过二十年不可,真是麻烦得很。

不过这是古今之常人。今之名人就又不同了,他要抹杀旧帐,从新做人,比起常人的方法来,迟速真有邮信和电报之别。不怕迂缓一点的,就出一回洋,造一个寺,生一场病,游几天山;要快,则开一次会,念一卷经,演说一通,宣言一下,或者睡一夜觉,做一首诗也可以;要更快,那就自打两个嘴巴,淌几滴眼泪,也照样能够另变一人,和"以前之我"绝无关系。净坛将军[6]摇身一变,化为鲫鱼,在女妖们的大腿间钻来钻去,作者或自以为写得出神入化,但从现在看起来,是连新奇气息也没有的。

如果这样变法,还觉得麻烦,那就白一白眼,反问道:"这是我的帐?"如果还嫌麻烦,那就眼也不白,问也不问,而现在所流行的却大抵是后一法。

"古道"怎么能再行于今之世呢?竟还有人主张读经,真不知是什么意思?然而过了一夜,说不定会主张大家去当兵的,所以我现在经也没有买,恐怕明天兵也未必当。

七月二十五日。

*　　　*　　　*

〔1〕 本篇最初发表于1933年7月29日《申报·自由谈》。

〔2〕 《肉食者言》 原书作《食肉者言》,马成章编,1933年7月上海听涛社出版。内收吴稚晖和现代评论派唐有壬、高一涵、周鲠生等人数年前所写的攻击北洋政府的文章十数篇。这书出版的用意,是在显示吴稚晖等当时的行为和以前的言论完全不符,因为当时吴稚晖已成为蒋介石的帮凶,唐有壬等也大都出任国民党政府的高官。"肉食者",指居高位、享厚禄的人,语出《左传》庄公十年:"肉食者鄙,未

能远谋。"

〔3〕 "听其言而观其行" 语出《论语·公冶长》："子曰：'始吾于人也，听其言而信其行；今吾于人也，听其言而观其行。'"

〔4〕 《涛声》 文艺性周刊，曹聚仁编辑。1931年8月在上海创刊，1933年11月停刊。

〔5〕 韦庄(约836—910) 字端己，京兆杜陵(今陕西西安市)人，晚唐五代时的诗人与词人，五代前蜀主王建的宰相。唐僖宗广明元年(880)黄巢领导的农民起义军攻长安时，韦庄因应试正留在城中，三年后(中和三年，883)他将当时耳闻目见的种种乱离情形，写成长篇叙事诗《秦妇吟》。这首诗在当时很流行，许多人家都将诗句刺在幛子上，又称他为"《秦妇吟》秀才"。诗中写了黄巢入长安时一般公卿的狼狈以及官军骚扰人民的情状，因王建当时是官军杨复光部的将领之一，所以后来韦庄讳言此诗，竭力设法想使它消灭，在《家诫》内特别嘱咐家人"不许垂《秦妇吟》幛子"(见宋代孙光宪《北梦琐言》)。后来他的弟弟韦蔼为他编辑《浣花集》时也未将此诗收入。直到清光绪末年，英人斯坦因、法人伯希和先后在我国甘肃敦煌县千佛洞盗取古物，才发现了这诗的残抄本。1924年王国维据巴黎图书馆所藏天复五年(905)张龟写本和伦敦博物馆所藏贞明五年(919)安友盛写本，加以校订，恢复了原诗的完整面貌。

〔6〕 净坛将军 即小说《西游记》中的猪八戒(原作净坛使者)，关于他化为鲫鱼(原作鲇鱼)在女妖们的大腿间钻来钻去的故事，见该书第七十二回。

晨凉漫记[1]

孺　牛

关于张献忠[2]的传说，中国各处都有，可见是大家都很以他为奇特的，我先前也便是很以他为奇特的人们中的一个。

儿时见过一本书，叫作《无双谱》[3]，是清初人之作，取历史上极特别无二的人物，各画一像，一面题些诗，但坏人好像是没有的。因此我后来想到可以择历来极其特别，而其实是代表着中国人性质之一种的人物，作一部中国的"人史"，如英国嘉勒尔的《英雄及英雄崇拜》[4]，美国亚懋生的《伟人论》[5]那样。惟须好坏俱有，有啮雪苦节的苏武[6]，舍身求法的玄奘[7]，有"鞠躬尽瘁，死而后已"的孔明[8]，但也有呆信古法，"死而后已"的王莽[9]，有半当真半取笑的变法的王安石[10]；张献忠当然也在内。但现在是毫没有动笔的意思了。

《蜀碧》[11]一类的书，记张献忠杀人的事颇详细，但也颇散漫，令人看去仿佛他是像"为艺术而艺术"的一样，专在"为杀人而杀人"了。他其实是别有目的的。他开初并不很杀人，他何尝不想做皇帝。后来知道李自成进了北京，接着是清兵入关，自己只剩了没落这一条路，于是就开手杀，杀……他分明的感到，天下已没有自己的东西，现在是在毁坏别人的东西了,这和有些末代的风雅皇帝,在死前烧掉了祖宗或自己所搜集的书籍古董宝贝之类的心情,完全一样。他还有兵,而没有古董之类,所以就杀,杀,杀人,杀……

但他还要维持兵,这实在不过是维持杀。他杀得没有平民了,就派许多较为心腹的人到兵们中间去,设法窃听,偶有怨言,即跃出执之,戮其全家(他的兵像是有家眷的,也许就是掳来的妇女)。以杀治兵,用兵来杀,自己是完了,但要这样的达到一同灭亡的末路。我们对于别人的或公共的东西,不是也不很爱惜的么?

所以张献忠的举动,一看虽然似乎古怪,其实是极平常的。古怪的倒是那些被杀的人们,怎么会总是束手伸颈的等他杀,一定要清朝的肃王[12]来射死他,这才作为奴才而得救,而还说这是前定,就是所谓"吹箫不用竹,一箭贯当胸"[13]。但我想,这豫言诗是后人造出来的,我们不知道那时的人们真是怎么想。

七月二十八日。

*　　*　　*

〔1〕 本篇最初发表于1933年8月1日《申报·自由谈》。

〔2〕 张献忠(1606—1646) 延安柳树涧(今陕西定边东)人,明末农民起义领袖之一。崇祯三年(1630)起义,转战河南、陕西等地。崇祯十七年入川,在成都称帝,国号大西。顺治三年(1646)出川,在川北盐亭界为清兵所害。旧史书、杂记中常有关于他杀人的记载。

〔3〕 《无双谱》 清代金古良编绘,内收从汉到宋四十个名人的

画像,并各附一诗。

〔4〕 嘉勒尔(T. Carlyle,1795—1881) 通译卡莱尔,英国著作家及历史学家。著有《法国革命史》、《过去与现在》等。《英雄及英雄崇拜》是他的讲演稿,出版于1841年。

〔5〕 亚懋生(R. W. Emerson,1803—1882) 通译爱默生,美国著作家。著有《论文集》、《英国人的性格》等。《伟人论》(一译《代表人物》)是他于1847年访问英国时在英格兰和苏格兰的讲演稿,后经整理于1850年出版。

〔6〕 苏武(?—前60) 字子卿,京兆杜陵(今属陕西西安市)人。汉武帝天汉元年(前100)以中郎将出使匈奴,被单于扣留,幽禁在一个大窖中,断绝饮食。他啮雪吞毡,得以不死。后又被送到北海(今苏联贝加尔湖)无人处去牧羊,他仍坚苦卓绝,始终不屈。直到汉昭帝始元六年(前81),因匈奴与汉和好,才被遣回朝。

〔7〕 玄奘(602—664) 本姓陈,洛州缑氏(今河南偃师缑氏镇)人,唐代高僧、翻译家。隋末出家。他鉴于初期输入的佛典不够精确完全,佛教内部对教义阐发不一,立志亲赴佛教发源地天竺(古印度)求法,于贞观三年(629,一说贞观元年)自长安西行,取道甘肃、新疆,过沙漠,越葱岭,经阿富汗,历尽艰险到达印度,在中印度摩揭陀国那烂陀寺从戒贤法师钻研梵典,又遍游印度半岛的东部和西部,后于贞观十九年返抵长安。他带回经卷六五七部,与其弟子们共译七十五部,计一三三五卷。此外,他又口述所历诸国风土,由僧人辩机编录而成《大唐西域记》一书。

〔8〕 孔明(181—234) 姓诸葛名亮,字孔明,琅琊阳都(今山东沂南)人,三国时蜀汉丞相。"鞠躬尽瘁,死而后已",是他在建兴六年(228)十一月上蜀后主刘禅奏章中的话。"瘁"原作"力"。这篇奏章世

称为《后出师表》,《三国志·蜀书·诸葛亮传》未载,见于南朝宋裴松之注引晋代习凿齿的《汉晋春秋》,据说出于三国时吴国张俨的《默记》。

〔9〕 王莽(前45—23) 字巨君,东平陵(今山东历城)人。西汉末年,他以外戚由大司马逐渐做到"摄皇帝",专断朝政。公元8年,他废孺子婴,自立为帝,国号新。即位后他模仿古法,改定一切制度,如收全国土地为国有,称为"王田",不得买卖;一家男口不满八人而有田一井(九百亩)以上的,将余田分给同族或乡里;奴婢称为"私属",禁止买卖等等。但后来一切新政又都先后废止,王莽本人则在对农民起义军作战失败后被杀。

〔10〕 王安石(1021—1086) 字介甫,抚州临川(今属江西)人,北宋政治家和文学家。他在宋神宗熙宁二年(1069)任宰相,实行改革,推行均输、青苗、免役、市易、方田均税、保甲、保马等新法。后来因受守旧派的反对和攻击而失败。

〔11〕 《蜀碧》 清代彭遵泗著,四卷。内容系记述张献忠在四川时的事迹,多有关于他杀人的记载。作者在康熙二十一年(1682)作的自序中说,该书系根据幼年所闻张献忠遗事及杂采他人记载而成。

〔12〕 肃王 即豪格(1609—1648),清太宗(皇太极)的长子,封和硕肃亲王。顺治三年(1646)率清兵进攻陕西、四川,镇压张献忠部起义军。

〔13〕 "吹箫不用竹,一箭贯当胸" 这是《蜀碧》卷三所载关于张献忠之死的预言诗:"初,成都东门外,沿江十里,有锁江桥,桥畔有回澜塔,万历中布政使余一龙所建,……(献忠)命毁之,就其地修筑将台,穿穴取砖,至四丈余,得一古碑,上有篆文云:'修塔余一龙,拆塔张献忠。岁逢甲乙丙,此地血流红。妖运终川北,毒气播川东。吹箫不用

竹,一箭贯当胸。炎兴元年,诸葛孔明记。'至肃王督师攻献,于西充射杀之,乃知'吹箫不用竹',盖'肃'字也。"按张献忠之死,据《明史·张献忠传》载:"顺治三年,献忠尽焚成都宫殿庐舍,夷其城,率众出川北;……会我大清兵至汉中,……至盐亭界,大雾,献忠晓行,猝遇我兵于凤凰坡,中矢坠马,蒲伏积薪下,于是我兵擒献忠出,斩之。"但清代谷应泰《明史记事本末》卷七十七则说张献忠是"以病死于蜀中",与清代官修的《明史》所记各异。

中国的奇想[1]

游 光

外国人不知道中国,常说中国人是专重实际的。其实并不,我们中国人是最有奇想的人民。

无论古今,谁都知道,一个男人有许多女人,一味纵欲,后来是不但天天喝三鞭酒[2]也无效,简直非"寿(?)终正寝"不可的。可是我们古人有一个大奇想,是靠了"御女",反可以成仙,例子是彭祖[3]有多少女人而活到几百岁。这方法和炼金术一同流行过,古代书目上还剩着各种的书名。不过实际上大约还是到底不行罢,现在似乎再没有什么人们相信了,这对于喜欢渔色的英雄,真是不幸得很。

然而还有一种小奇想。那就是哼的一声,鼻孔里放出一道白光,无论路的远近,将仇人或敌人杀掉。白光可又回来了,摸不着是谁杀的,既然杀了人,又没有麻烦,多么舒适自在。这种本领,前年还有人想上武当山[4]去寻求,直到去年,这才用大刀队来替代了这奇想的位置。现在是连大刀队的名声也寂寞了。对于爱国的英雄,也是十分不幸的。

然而我们新近又有了一个大奇想。那是一面救国,一面又可以发财,虽然各种彩票[5],近似赌博,而发财也不过是"希望"。不过这两种已经关联起来了却是真的。固然,世界上也有靠聚赌抽头来维持的摩那科王国[6]，但就常理说，则赌博大概是小则败家，大则亡国；救国呢，却总不免有一点牺牲，至少，和发财之路总是相差很远的。然而发见了一致之点的是我们现在的中国，虽然还在试验的途中。

然而又还有一种小奇想。这回不用一道白光了，要用几回启事，几封匿名的信件，几篇化名的文章，使仇头落地，而血点一些也不会溅着自己的洋房和洋服[7]。并且映带之下，使自己成名获利。这也还在试验的途中，不知道结果怎么样，但翻翻现成的文艺史，看不见半个这样的人物，那恐怕也还是枉用心机的。

狂赌救国，纵欲成仙，袖手杀敌，造谣买田，倘有人要编续《龙文鞭影》[8]的，我以为不妨添上这四句。

八月四日。

* * *

〔1〕 本篇最初发表于1933年8月6日《申报·自由谈》。

〔2〕 三鞭酒　用三种动物的雄性生殖器泡制的药酒。

〔3〕 彭祖　传说中人物。晋代葛洪《神仙传》卷一："彭祖者，姓籛讳铿，帝颛顼之玄孙也。殷末已七百六十七岁，而不衰老。"传内记彭祖曾说过这样的话："男女相成，犹天地相生也。……天地昼分而夜合，一岁三百六十交而精气和合，故能生产万物而不穷；人能则之，可以长存。"

〔4〕 武当山　在湖北均县北，山上有紫霄宫、玉虚宫等宫观，为我国著名的道教胜地。《太平御览》卷四十三引南朝宋郭仲产《南雍州

记》说:"武当山广三四百里,……学道者常百数,相继不绝。"在旧小说中常把武当山描写为剑侠修炼的神奇的地方。

〔5〕 彩票　又称奖券。这里指国民党政府自1933年起发行的"航空公路建设奖券",当时报纸宣传购买奖券是"既爱国,又获奖"。

〔6〕 摩那科王国(The Principality of Monaco)　通译摩纳哥公国,法国东南地中海滨的一个君主立宪国,境内蒙的卡罗(Monte Carlo)城有世界著名的大赌场,赌场收入为该国政府主要财政来源之一。

〔7〕 指当时《社会新闻》、《微言》一类刊物上发表的文章和张资平、曾今可等人的启事,参看《伪自由书·后记》。

〔8〕 《龙文鞭影》　明代萧良友编著,内容是从古书中摘取一些故事,四字一句,每两句自成一联,按韵谱列为长编。旧时书塾常采用为儿童课本。

豪语的折扣[1]

苇 索

豪语的折扣其实也就是文学上的折扣,凡作者的自述,往往须打一个扣头,连自白其可怜和无用[2]也还是并非"不二价"的,更何况豪语。

仙才李太白[3]的善作豪语,可以不必说了;连留长了指甲,骨瘦如柴的鬼才李长吉[4],也说"见买若耶溪水剑,明朝归去事猿公"起来,简直是毫不自量,想学刺客了。这应该折成零,证据是他到底并没有去。南宋时候,国步艰难,陆放翁[5]自然也是慷慨党中的一个,他有一回说:"老子犹堪绝大漠,诸君何至泣新亭。"他其实是去不得的,也应该折成零。——但我手头无书,引诗或有错误,也先打一个折扣在这里。

其实,这故作豪语的脾气,正不独文人为然,常人或市侩,也非常发达。市上甲乙打架,输的大抵说:"我认得你的!"这是说,他将如伍子胥[6]一般,誓必复仇的意思。不过总是不来的居多,倘是智识分子呢,也许另用一些阴谋,但在粗人,往往这就是斗争的结局,说的是有口无心,听的也不以为意,久成为打架收场的一种仪式了。

旧小说家也早已看穿了这局面,他写暗娼和别人相争,照例攻击过别人的偷汉之后,就自序道:"老娘是指头上站得人,臂膊上跑得马⋯⋯"[7]底下怎样呢?他任别人去打折扣。他知道别人是决不那么胡涂,会十足相信的,但仍得这么说,恰如卖假药的,包纸上一定印着"存心欺世,雷殛火焚"一样,成为一种仪式了。

但因时势的不同,也有立刻自打折扣的。例如在广告上,我们有时会看见自说"我是坐不改名,行不改姓的人"[8],真要蓦地发生一种好像见了《七侠五义》[9]中人物一般的敬意,但接着就是"纵令有时用其他笔名,但所发表文章,均自负责",却身子一扭,土行孙[10]似的不见了。予岂好"用其他笔名"哉?予不得已也[11]。上海原是中国的一部分,当然受着孔子的教化的。便是商家,柜内的"不二价"的金字招牌也时时和屋外"大廉价"的大旗互相辉映,不过他总有一个缘故:不是提倡国货,就是纪念开张。

所以,自打折扣,也还是没有打足的,凡"老上海",必须再打它一下。

八月四日。

*　　*　　*

〔1〕　本篇最初发表于1933年8月8日《申报·自由谈》。

〔2〕　自白其可怜和无用　指曾今可。参看本书第34页注〔7〕。

〔3〕　李太白(701—762)　名白,字太白,祖籍陇西成纪(今甘肃秦安),后迁居绵州昌隆(今四川江油),唐代诗人。他的诗豪放飘逸,有"诗仙"之称。后代文人曾将他与下文提到的李长吉并论,如北宋宋祁

59

等人就有"太白仙才,长吉鬼才"的说法(见《文献通考·经籍六十九》)。

〔4〕 李长吉(790—816) 名贺,字长吉,昌谷(今河南宜阳)人,唐代诗人。《新唐书·文艺传》说他"为人纤瘦,通眉,长指爪"。他的诗想像丰富,诡异新奇。这里引用的两句,见他的《南园》十三首中的第七首,意思是说他要去学剑术。引诗中的"猿公"典出《吴越春秋》卷九:越有处女,善剑术,应聘往见勾践,途中遇一老翁,自称袁公,要求和她比剑,结果两力相敌,老翁飞上树枝,化为白猿而去。

〔5〕 陆放翁(1125—1210) 名游,字务观,自号放翁,山阴(今浙江绍兴)人,南宋诗人。他生活在金兵入侵、国势衰微的时代,他主张抗金,诗词慷慨激昂。这里所引两句,见他的《夜泊水村》一诗,意思是说他虽然年老,但也还可以到边塞去驱逐敌人,并鼓励他人对国事不要悲观。引诗中的"新亭",典出《世说新语·言语》:东晋初年,由北方逃到建康(今南京)的一批士大夫,有一天在新亭(在今南京市南)宴会,周顗(晋元帝时的尚书左仆射)想起西晋的首都洛阳,叹息说:"风景不殊,正自有河山之异!"于是大家"皆相视流泪"。

〔6〕 伍子胥(?—前484) 名员,春秋时楚国人。楚平王杀了他的父亲伍奢、哥哥伍尚,他出奔吴国,力谋复仇;后佐吴王阖庐(一作阖闾)伐楚,攻破楚国首都郢(在今湖北江陵),掘平王墓,鞭尸三百。

〔7〕 这两句是小说《水浒》中人物潘金莲所说的话,见该书第二十四回。原作"拳头上立得人,胳膊上走得马"。

〔8〕 此句与下文"纵令有时用其他笔名……"句,都是张资平在1933年7月6日上海《时事新报》刊登的启事中的话,参看《伪自由书·后记》。

〔9〕《七侠五义》 原名《三侠五义》,清代侠义小说,共一二〇

回,署"石玉昆述",1879 年(同治五年)出版。十年后经俞樾改撰第一回并对全书作了修订,改名为《七侠五义》。书中所叙人物,口头常说"坐不改名,行不改姓"这一句话。

〔10〕 土行孙　明代神魔小说《封神演义》中的人物,小说写他善"地行之术"——"身子一扭,即时不见"。

〔11〕 予不得已也　此处是套用《孟子·滕文公(下)》语:"予岂好辨哉?予不得已也。"

踢[1]

丰之余

两月以前,曾经说过"推",这回却又来了"踢"。

本月九日《申报》载六日晚间,有漆匠刘明山,杨阿坤,顾洪生三人在法租界黄浦滩太古码头纳凉,适另有数人在左近聚赌,由巡逻警察上前驱逐,而刘,顾两人,竟被俄捕[2]弄到水里去,刘明山竟淹死了。由俄捕说,自然是"自行失足落水"[3]的。但据顾洪生供,却道:"我与刘,杨三人,同至太古码头乘凉,刘坐铁凳下地板上,……我立在旁边,……俄捕来先踢刘一脚,刘已立起要避开,又被踢一脚,以致跌入浦中,我要拉救,已经不及,乃转身拉住俄捕,亦被用手一推,我亦跌下浦中,经人救起的。"推事[4]问:"为什么要踢他?"答曰:"不知。"

"推"还要抬一抬手,对付下等人是犯不着如此费事的,于是乎有"踢"。而上海也真有"踢"的专家,有印度巡捕,有安南巡捕,现在还添了白俄巡捕,他们将沙皇时代对犹太人的手段,到我们这里来施展了。我们也真是善于"忍辱负重"的人民,只要不"落浦",就大抵用一句滑稽化的话道:"吃了一只外国火腿",一笑了之。

苗民大败之后,都往山里跑,这是我们的先帝轩辕氏赶他的。南宋败残之余，就往海边跑，这据说也是我们的先帝成吉思汗赶他的，赶到临了，就是陆秀夫[5]背着小皇帝，跳进海里去。我们中国人，原是古来就要"自行失足落水"的。

有些慷慨家说，世界上只有水和空气给与穷人。此说其实是不确的，穷人在实际上，那里能够得到和大家一样的水和空气。即使在码头上乘乘凉，也会无端被"踢"，送掉性命的：落浦。要救朋友，或拉住凶手罢，"也被用手一推"：也落浦。如果大家来相帮，那就有"反帝"的嫌疑了，"反帝"原未为中国所禁止的，然而要预防"反动分子乘机捣乱"，所以结果还是免不了"踢"和"推"，也就是终于是落浦。

时代在进步，轮船飞机，随处皆是，假使南宋末代皇帝而生在今日，是决不至于落海的了，他可以跑到外国去，而小百姓以"落浦"代之。

这理由虽然简单，却也复杂，故漆匠顾洪生曰："不知。"

八月十日。

* * *

〔1〕 本篇最初发表于1933年8月13日《申报·自由谈》。

〔2〕 俄捕 旧时帝国主义者在上海公共租界内雇佣白俄充当的警察。

〔3〕 "自行失足落水" 这是国民党当局为掩饰自己屠杀爱国学生的罪行时所说的话。九一八事变后，全国学生奋起抗议蒋介石的不抵抗政策。12月初，各地学生纷纷到南京请愿。国民党政府于12月5日通令全国，加以禁止；17日出动军警，逮捕和屠杀在南京请愿示威

的各地学生,有的学生遭刺伤后,又被扔进河里。事后国民党当局为掩盖真相,诬称学生"为反动分子所利用"、被害学生是"失足落水"等。

〔4〕 推事　旧法院中审理刑事、民事案件的官员。

〔5〕 陆秀夫(1236—1279)　字君实,盐城(今属江苏)人,南宋大臣。1278年拥立宋度宗八岁的儿子赵昺为帝,任左丞相。祥兴二年(1279),元兵破厓山(在广东新会南),他背负赵昺投海而死。

"中国文坛的悲观"[1]

旅 隼

文雅书生中也真有特别善于下泪的人物,说是因为近来中国文坛的混乱[2],好像军阀割据,便不禁"呜呼"起来了,但尤其痛心诬陷。

其实是作文"藏之名山"的时代一去,而有一个"坛",便不免有斗争,甚而至于谩骂,诬陷的。明末太远,不必提了;清朝的章实斋和袁子才[3],李莼客和赵㧑叔[4],就如水火之不可调和;再近些,则有《民报》和《新民丛报》之争[5],《新青年》派和某某派之争[6],也都非常猛烈。当初又何尝不使局外人摇头叹气呢,然而胜负一明,时代渐远,战血为雨露洗得干干净净,后人便以为先前的文坛是太平了。在外国也一样,我们现在大抵只知道嚣俄和霍普德曼[7]是卓卓的文人,但当时他们的剧本开演的时候,就在戏场里捉人,打架,较详的文学史上,还载着打架之类的图。

所以,无论中外古今,文坛上是总归有些混乱,使文雅书生看得要"悲观"的。但也总归有许多所谓文人和文章也者一定灭亡,只有配存在者终于存在,以证明文坛也总归还是干净的处所。增加混乱的倒是有些悲观论者,不施考察,不加批判,但用"彼亦一是非,此亦一是非"[8]的论调,将一切作者,诋为"一丘之貉"。这样子,扰乱是永远不会收场的。然而世间却并不都这样,一定会有明明白白的是非之别,我们试想一想,林琴南〔9〕攻击文学革命的小说,为时并不久,现在那里去了?

只有近来的诬陷,倒像是颇为出色的花样,但其实也并不比古时候更厉害,证据是清初大兴文字之狱的遗闻。况且闹这样玩意的,其实并不完全是文人,十中之九,乃是挂了招牌,而无货色,只好化为黑店,出卖人肉馒头的小盗;即使其中偶然有曾经弄过笔墨的人,然而这时却正是露出原形,在告白他自己的没落,文坛决不因此混乱,倒是反而越加清楚,越加分明起来了。

历史决不倒退,文坛是无须悲观的。悲观的由来,是在置身事外不辨是非,而偏要关心于文坛,或者竟是自己坐在没落的营盘里。

八月十日。

* * *

〔1〕 本篇最初发表于1933年8月14日《申报·自由谈》,原题《悲观无用论》。

〔2〕 中国文坛的混乱 1933年8月9日《大晚报·火炬》载小仲的《中国文坛的悲观》一文,其中说:"中国近几年来的文坛,处处都呈现着混乱,处处都是政治军阀割据式的小缩影","文雅的书生,都变成狰狞面目的凶手","把不相干的帽子硬套在你的头上,……直冤屈到你死!"并慨叹道:"呜呼!中国的文坛!"

〔3〕 章实斋(1738—1801) 名学诚,字实斋,浙江会稽(今绍兴)人,清代史学家。袁子才(1716—1798),名枚,字子才,浙江钱塘(今杭县)人,清代诗人。袁枚死后,章学诚在《丁巳札记》内针对袁枚论诗主张性灵及收纳女弟子的事,攻击袁枚为"无耻妄人,以风流自命,蛊惑士女"。此外,他又著有《妇学》、《妇学篇书后》、《书坊刻诗话后》等文,也都是攻击袁枚的。

〔4〕 李莼客(1830—1894) 名慈铭,字㤅伯,号莼客,浙江会稽人,清末文学家。赵㧑叔(1829—1884),名之谦,字㧑叔,浙江会稽人,清末书画篆刻家。李慈铭在所著《越缦堂日记》中常称赵之谦为"妄人",攻击赵之谦"亡赖险诈,素不知书","是鬼蜮之面而狗彘之心"。(见光绪五年十一月廿九日日记)

〔5〕 《民报》和《新民丛报》之争 指清末同盟会机关报《民报》同梁启超主办的《新民丛报》关于民主革命和君主立宪的论争。《民报》,月刊,1905年11月在日本东京创刊,1908年冬被日本政府查禁,1910年初在日本秘密印行两期后停刊。《新民丛报》,半月刊,1902年2月在日本横滨创刊,1907年冬停刊。

〔6〕 《新青年》派和某某派之争 指《新青年》派和当时反对新文化运动的封建复古派进行的论争。《新青年》,"五四"时期倡导新文化运动、传播马克思主义的综合性月刊。1915年9月创刊于上海,由陈独秀主编,第一卷名《青年杂志》,第二卷起改名《新青年》。1918年1月起李大钊、胡适等参加该刊编辑工作,1922年7月休刊。

〔7〕 嚣俄 通译雨果。1830年2月25日,雨果的浪漫主义剧作《欧那尼》在巴黎法兰西剧院上演时,拥护浪漫主义文学的人们同拥护古典主义文学的人们在剧院发生尖锐冲突,喝彩声和反对声混成一片。霍普德曼(G. Hauptmann, 1862—1946),通译霍普特曼,德国剧作

家,著有剧本《织工》等。1889年10月20日,霍普特曼的自然主义剧作《日出之前》在柏林自由剧院上演时,拥护者和反对者也在剧院发生尖锐冲突,欢呼声和嘲笑声相杂,一幕甚于一幕。

〔8〕 "彼亦一是非,此亦一是非" 语出《庄子·齐物论》。

〔9〕 林琴南(1852—1924) 名纾,字琴南,福建闽侯(今属福州)人,翻译家。他曾据别人口述,以文言翻译欧美文学作品一百多种,在当时影响很大,后集为《林译小说》。他晚年是反对"五四"新文化运动的守旧派代表人物之一。他攻击文学革命的小说,有《荆生》与《妖梦》(分别载于1919年2月17日至18日、3月19日至23日上海《新申报》),前篇写一个所谓"伟丈夫"荆生,将大骂孔子、提倡白话者打骂了一顿;后篇写一个所谓"罗睺罗阿修罗王"将"白话学堂"(影射北京大学)的校长、教务长吃掉等事。

秋夜纪游[1]

游 光

秋已经来了,炎热也不比夏天小,当电灯替代了太阳的时候,我还是在马路上漫游。

危险?危险令人紧张,紧张令人觉到自己生命的力。在危险中漫游,是很好的。

租界也还有悠闲的处所,是住宅区。但中等华人的窟穴却是炎热的,吃食担,胡琴,麻将,留声机,垃圾桶,光着的身子和腿。相宜的是高等华人或无等洋人住处的门外,宽大的马路,碧绿的树,淡色的窗幔,凉风,月光,然而也有狗子叫。

我生长农村中,爱听狗子叫,深夜远吠,闻之神怡,古人之所谓"犬声如豹"[2]者就是。倘或偶经生疏的村外,一声狂噑,巨獒跃出,也给人一种紧张,如临战斗,非常有趣的。

但可惜在这里听到的是吧儿狗。它躲躲闪闪,叫得很脆:汪汪!

我不爱听这一种叫。

我一面漫步,一面发出冷笑,因为我明白了使它闭口的方法,是只要去和它主子的管门人说几句话,或者抛给它一根肉骨头。这两件我还能的,但是我不做。

它常常要汪汪。

我不爱听这一种叫。

我一面漫步,一面发出恶笑了,因为我手里拿着一粒石子,恶笑刚敛,就举手一掷,正中了它的鼻梁。

呜的一声,它不见了。我漫步着,漫步着,在少有的寂寞里。

秋已经来了,我还是漫步着。叫呢,也还是有的,然而更加躲躲闪闪了,声音也和先前不同,距离也隔得远了,连鼻子都看不见。

我不再冷笑,不再恶笑了,我漫步着,一面舒服的听着它那很脆的声音。

八月十四日。

*　　　*　　　*

〔1〕 本篇最初发表于1933年8月16日《申报·自由谈》。

〔2〕 "犬声如豹"　语出唐代王维《山中与裴秀才迪书》,原作"深巷寒犬,吠声如豹"。

"揩　油"[1]

苇　索

"揩油",是说明着奴才的品行全部的。

这不是"取回扣"或"取佣钱",因为这是一种秘密;但也不是偷窃,因为在原则上,所取的实在是微乎其微。因此也不能说是"分肥";至多,或者可以谓之"舞弊"罢。然而这又是光明正大的"舞弊",因为所取的是豪家,富翁,阔人,洋商的东西,而且所取又不过一点点,恰如从油水汪汪的处所,揩了一下,于人无损,于揩者却有益的,并且也不失为损富济贫的正道。设法向妇女调笑几句,或乘机摸一下,也谓之"揩油",这虽然不及对于金钱的名正言顺,但无大损于被揩者则一也。

表现得最分明的是电车上的卖票人。纯熟之后,他一面留心着可揩的客人,一面留心着突来的查票,眼光都练得像老鼠和老鹰的混合物一样。付钱而不给票,客人本该索取的,然而很难索取,也很少见有人索取,因为他所揩的是洋商的油[2],同是中国人,当然有帮忙的义务,一索取,就变成帮助洋商了。这时候,不但卖票人要报你憎恶的眼光,连同车的客人也往往不免显出以为你不识时务的脸色。

然而彼一时,此一时,如果三等客中有时偶缺一个铜元,你却只好在目的地以前下车,这时他就不肯通融,变成洋商的忠仆了。

在上海，如果同巡捕，门丁，西崽之类闲谈起来，他们大抵是憎恶洋鬼子的，他们多是爱国主义者。然而他们也像洋鬼子一样，看不起中国人，棍棒和拳头和轻蔑的眼光，专注在中国人的身上。

"揩油"的生活有福了。这手段将更加展开，这品格将变成高尚，这行为将认为正当，这将算是国民的本领，和对于帝国主义的复仇。打开天窗说亮话，其实，所谓"高等华人"也者，也何尝逃得出这模子。

但是，也如"吃白相饭"朋友那样，卖票人是还有他的道德的。倘被查票人查出他收钱而不给票来了，他就默然认罚，决不说没有收过钱，将罪案推到客人身上去。

八月十四日。

* * *

〔1〕 本篇最初发表于1933年8月17日《申报·自由谈》。

〔2〕 揩的是洋商的油　当时上海租界内的电车分别由英商和法商投资的两个电车公司经营。

我们怎样教育儿童的？[1]

旅　隼

看见了讲到"孔乙己"[2]，就想起中国一向怎样教育儿童来。

现在自然是各式各样的教科书，但在村塾里也还有《三字经》和《百家姓》[3]。清朝末年，有些人读的是"天子重英豪，文章教尔曹，万般皆下品，惟有读书高"的《神童诗》[4]，夸着"读书人"的光荣；有些人读的是"混沌初开，乾坤始奠，轻清者上浮而为天，重浊者下凝而为地"的《幼学琼林》[5]，教着做古文的滥调。再上去我可不知道了，但听说，唐末宋初用过《太公家教》[6]，久已失传，后来才从敦煌石窟中发现，而在汉朝，是读《急就篇》[7]之类的。

就是所谓"教科书"，在近三十年中，真不知变化了多少。忽而这么说，忽而那么说，今天是这样的宗旨，明天又是那样的主张，不加"教育"则已，一加"教育"，就从学校里造成了许多矛盾冲突的人，而且因为旧的社会关系，一面也还是"混沌初开，乾坤始奠"的老古董。

中国要作家，要"文豪"，但也要真正的学究。倘有人作一部历史，将中国历来教育儿童的方法，用书，作一个明确的记录，给人明白我们的古人以至我们，是怎样的被熏陶下来

73

的,则其功德,当不在禹(虽然他也许不过是一条虫)下[8]。

《自由谈》的投稿者,常有博古通今的人,我以为对于这工作,是很有胜任者在的。不知亦有有意于此者乎?现在提出这问题,盖亦知易行难,遂只得空口说白话,而望垦辟于健者也。

　　　　　　　　　　　　八月十四日。

※　　※　　※

〔1〕 本篇最初发表于1933年8月18日《申报·自由谈》。

〔2〕 指陈子展所作《再谈孔乙己》一文,内容是关于旧时书塾中教学生习字用的描红语诀"上大人,丘(孔)乙己……"的考证和解释,载1933年8月14日《申报·自由谈》。

〔3〕《三字经》 相传为南宋王应麟(一说宋末元初人区适子)作。《百家姓》,相传为宋代初年人作。都是旧时书塾中所用的识字课本。

〔4〕《神童诗》 旧时书塾中初级读物的一种,相传为北宋汪洙作。这里所引的是该书开头几句。

〔5〕《幼学琼林》 旧时学童初级读物,明末程允升编著。内容系杂集关于天文、人伦、器用、技艺等多种成语典故而成,全都是骈文。这里所引的第三四句,原文作:"气之轻清,上浮者为天;气之重浊,下凝者为地。"

〔6〕《太公家教》 旧时学童初级读物,作者不详。太公即曾祖或高祖。此书在唐宋时颇流行,后失传,清光绪末年在敦煌鸣沙山石室中发现写本一卷,有罗振玉《鸣沙石室古佚书》影印本。

〔7〕《急就篇》 一名《急就章》,旧时学童识字读物,西汉史游

撰。有唐代颜师古及王应麟注。内容大抵按姓名、衣服、饮食、器用等分类编成韵语,多数为七字一句。

〔8〕 其功德,当不在禹下 是唐代韩愈在《与孟尚书书》中称赞孟子的话:"然向无孟氏,则皆服左衽而言侏离矣。故愈尝推尊孟氏,以为功不在禹下者为此也。"禹是一条虫,是顾颉刚在1923年讨论古史的文章中提出的看法。

为翻译辩护[1]

洛 文

今年是围剿翻译的年头。

或曰"硬译",或曰"乱译",或曰"听说现在有许多翻译家……翻开第一行就译,对于原作的理解,更无从谈起",所以令人看得"不知所云"[2]。

这种现象,在翻译界确是不少的,那病根就在"抢先"。中国人原是喜欢"抢先"的人民,上落电车,买火车票,寄挂号信,都愿意是一到便是第一个。翻译者当然也逃不出这例子的。而书店和读者,实在也没有容纳同一原本的两种译本的雅量和物力,只要已有一种译稿,别一译本就没有书店肯接收出版了,据说是已经有了,怕再没有人要买。

举一个例在这里:现在已经成了古典的达尔文[3]的《物种由来》,日本有两种翻译本[4],先出的一种颇多错误,后出的一本是好的。中国只有一种马君武[5]博士的翻译,而他所根据的却是日本的坏译本,实有另译的必要。然而那里还会有书店肯出版呢?除非译者同时是富翁,他来自己印。不过如果是富翁,他就去打算盘,再也不来弄什么翻译了。

还有一层,是中国的流行,实在也过去得太快,一种学问或文艺介绍进中国来,多则一年,少则半年,大抵就烟消火灭。

靠翻译为生的翻译家,如果精心作意,推敲起来,则到他脱稿时,社会上早已无人过问。中国大嚷过托尔斯泰,屠格纳夫,后来又大嚷过辛克莱[6],但他们的选集却一部也没有。去年虽然还有以郭沫若[7]先生的盛名,幸而出版的《战争与和平》,但恐怕仍不足以挽回读书和出版界的惰气,势必至于读者也厌倦,译者也厌倦,出版者也厌倦,归根结蒂是不会完结的。

翻译的不行,大半的责任固然该在翻译家,但读书界和出版界,尤其是批评家,也应该分负若干的责任。要救治这颓运,必须有正确的批评,指出坏的,奖励好的,倘没有,则较好的也可以。然而这怎么能呢;指摘坏翻译,对于无拳无勇的译者是不要紧的,倘若触犯了别有来历的人,他就会给你带上一顶红帽子,简直要你的性命。这现象,就使批评家也不得不含胡了。

此外,现在最普通的对于翻译的不满,是说看了几十行也还是不能懂。但这是应该加以区别的。倘是康德[8]的《纯粹理性批判》那样的书,则即使德国人来看原文,他如果并非一个专家,也还是一时不能看懂。自然,"翻开第一行就译"的译者,是太不负责任了,然而漫无区别,要无论什么译本都翻开第一行就懂的读者,却也未免太不负责任了。

八月十四日。

* * * *

〔1〕 本篇最初发表于1933年8月20日《申报·自由谈》。

〔2〕 见 1933 年 7 月 31 日《申报·自由谈》载林翼之《"翻译"与"编述"》，文中说："许多在那儿干硬译乱译工作的人，如果改行来做改头换面的编述工作，是否胜任得了？……听说现在有许多翻译家，连把原作从头到尾瞧一遍的工夫也没有，翻开第一行就译，对于原作的理解，更无从谈起。"又同年 8 月 13 日《自由谈》载有大圣《关于翻译的话》，文中说："目前我们的出版界的大部分的译品太糟得令人不敢领教了，无论是那一类译品，往往看了三四页，还是不知所云。"

〔3〕 达尔文（C. R. Darwin，1809—1882） 英国生物学家，进化论的奠基人。他的《物种起源》（一译《物种由来》）一书，于 1859 年出版，是奠定生物进化理论基础的重要著作。

〔4〕 日本有两种翻译本 先出的一种为明治三十八年（1905）八月东京开成馆出版，开成馆翻译，丘浅次郎校订；后出的一种为大正三年（1914）四月东京新潮社出版，大杉荣翻译。

〔5〕 马君武（1882—1939） 名和，广西桂林人。初留学日本，参加同盟会，后去德国，获柏林大学工学博士学位。曾任孙中山临时政府实业部次长及上海中国公学、广西大学校长等职。他翻译的达尔文的《物种由来》，译名《物种原始》，1920 年中华书局出版。

〔6〕 托尔斯泰（Л. Н. Толстой，1828—1910） 俄国作家，著有长篇小说《战争与和平》、《安娜·卡列尼娜》、《复活》等。屠格涅夫（И. С. Тургенев，1818—1883），通译屠格涅夫，俄国作家，著有长篇小说《罗亭》、《父与子》等。辛克莱（U. Sinclair，1878—1968），美国作家，著有长篇小说《屠场》、《石炭王》等。

〔7〕 郭沫若（1892—1978） 四川乐山人，文学家、历史学家和社会活动家。创造社主要成员。著有诗集《女神》、历史剧《屈原》、历史论文集《奴隶制时代》等。他译的托尔斯泰的《战争与和平》，于 1931 年

至1933年间由上海文艺书局出版，共三册（未完）。

〔8〕 康德（I. Kant，1724—1804） 德国哲学家。他的《纯粹理性批判》一书，出版于1781年。这是一部难懂的著作。德国作家海涅在《论德国宗教和哲学的历史》中曾说："《纯粹理性批判》是康德的主要著作，……这部书之所以拖延了很久才为人公认，其原因可能在于它那不寻常的形式和它那拙劣的文体"。他用"灰色、枯燥乏味的包装纸一般的文体来写《纯粹理性批判》"，又"赋予它一种僵硬的、抽象的形式，这种形式冷漠地拒绝了较低智能阶层的人们来接近它。他想和当时那些力求平易近人的通俗哲学家们严格地区别开来，并且给他的思想穿上一种宫廷般冷淡的公文用语的外衣。"

爬 和 撞[1]

荀 继

从前梁实秋教授曾经说过：穷人总是要爬，往上爬，爬到富翁的地位[2]。不但穷人，奴隶也是要爬的，有了爬得上的机会，连奴隶也会觉得自己是神仙，天下自然太平了。

虽然爬得上的很少，然而个个以为这正是他自己。这样自然都安分的去耕田，种地，拣大粪或是坐冷板凳，克勤克俭，背着苦恼的命运，和自然奋斗着，拚命的爬，爬，爬。可是爬的人那么多，而路只有一条，十分拥挤。老实的照着章程规规矩矩的爬，大都是爬不上去的。聪明人就会推，把别人推开，推倒，踏在脚底下，踹着他们的肩膀和头顶，爬上去了。大多数人却还只是爬，认定自己的冤家并不在上面，而只在旁边——是那些一同在爬的人。他们大都忍耐着一切，两脚两手都着地，一步步的挨上去又挤下来，挤下来又挨上去，没有休止的。

然而爬的人太多，爬得上的太少，失望也会渐渐的侵蚀善良的人心，至少，也会发生跪着的革命。于是爬之外，又发明了撞。

这是明知道你太辛苦了，想从地上站起来，所以在你的背后猛然的叫一声：撞罢。一个个发麻的腿还在抖着，就撞过去。这比爬要轻松得多，手也不必用力，膝盖也不必移动，只要横着身子,晃一晃,就撞过去。撞得好就是五十万元大洋[3],妻,财,子,禄都有了。撞不好,至多不过跌一交,倒在地下。那又算得什么呢,——他原本是伏在地上的,他仍旧可以爬。何况有些人不过撞着玩罢了,根本就不怕跌交的。

爬是自古有之。例如从童生到状元,从小瘪三到康白度[4]。撞却似乎是近代的发明。要考据起来,恐怕只有古时候"小姐抛彩球"[5]有点像给人撞的办法。小姐的彩球将要抛下来的时候,——一个个想吃天鹅肉的男子汉仰着头,张着嘴,馋涎拖得几尺长……可惜古人究竟呆笨,没有要这些男子汉拿出几个本钱来,否则,也一定可以收着几万万的。

爬得上的机会越少,愿意撞的人就越多,那些早已爬在上面的人们,就天天替你们制造撞的机会,叫你们化些小本钱,而预约着你们名利双收的神仙生活。所以撞得好的机会,虽然比爬得上的还要少得多,而大家都愿意来试试的。这样,爬了来撞,撞不着再爬……鞠躬尽瘁,死而后已。

八月十六日。

*　　*　　*

〔1〕 本篇最初发表于1933年8月23日《申报·自由谈》。

〔2〕 梁实秋在1929年9月《新月》月刊第二卷第六、七号合刊发表《文学是有阶级性的吗?》一文,其中有这样的话:"一个无产者假如他是有出息的,只消辛辛苦苦诚诚实实的工作一生,多少必定可以得到相当的资产。"参看《二心集·"硬译"与"文学的阶级性"》。

〔3〕 五十万元大洋　当时国民党政府发行的"航空公路建设奖

券",头等奖为五十万元。

〔4〕 康白度　英语 Comprador 的音译,即买办。

〔5〕 "小姐抛彩球"　旧小说戏曲中描述的官僚贵族小姐招亲的一种方式,小姐抛出彩球,落在哪个男子身上,就嫁给他为妻。

各种捐班[1]

洛 文

清朝的中叶,要做官可以捐,叫做"捐班"的便是这一伙。财主少爷吃得油头光脸,忽而忙了几天,头上就有一粒水晶顶,有时还加上一枝蓝翎[2],满口官话,说是"今天天气好"了。

到得民国,官总算说是没有了捐班,然而捐班之途,实际上倒是开展了起来,连"学士文人"也可以由此弄得到顶戴。开宗明义第一章,自然是要有钱。只要有钱,就什么都容易办了。譬如,要捐学者罢,那就收买一批古董,结识几个清客,并且雇几个工人,拓出古董上面的花纹和文字,用玻璃板印成一部书,名之曰"什么集古录"或"什么考古录"。李富孙[3]做过一部《金石学录》,是专载研究金石[4]的人们的,然而这倒成了"作俑"[5],使清客们可以一续再续,并且推而广之,连收藏古董,贩卖古董的少爷和商人,也都一榻括子[6]的收进去了,这就叫作"金石家"。

捐做"文学家"也用不着什么新花样。只要开一只书店,拉几个作家,雇一些帮闲,出一种小报,"今天天气好"是也须会说的,就写了出来,印了上去,交给报贩,不消一年半载,包管成功。但是,古董的花纹和文字的拓片是不能用的了,应该代以电影明星和摩登女子的照片,因为这才是新时代的美术。"爱美"的人物在中国还多得很,而"文学家"或"艺术家"也就这样的起来了。

捐官可以希望刮地皮,但捐学者文人也不会折本。印刷品固然可以卖现钱,古董将来也会有洋鬼子肯出大价的。

这又叫作"名利双收"。不过先要能"投资",所以平常人做不到,要不然,文人学士也就不大值钱了。

而现在还值钱,所以也还会有人忙着做人名辞典,造文艺史,出作家论,编自传。我想,倘作历史的著作,是应该像将文人分为罗曼派,古典派一样,另外分出一种"捐班"派来的,历史要"真",招些忌恨也只好硬挺,是不是?

八月二十四日。

* * *

〔1〕 本篇最初发表于1933年8月26日《申报·自由谈》。

〔2〕 水晶顶、蓝翎 都是清代用以区别官员等级的帽饰。五品官礼帽上用亮白色水晶顶。帽后又分别垂戴孔雀翎(五品以上)或鹖羽蓝翎(六品以下)。富家子弟也可以因捐官而得到这种"顶戴"。

〔3〕 李富孙(1764—1843) 字芗沚,清代嘉兴人。著有《金石学录》、《汉魏六朝墓铭纂例》等书。

〔4〕 金石 这里金指铜器,石指石碑等,古代常在这些东西上面铸字或刻字以记事,故称这类历史文物为金石。

〔5〕 "作俑" 《孟子·梁惠王(上)》:"仲尼曰:'始作俑者,其无后乎!'"俑,古代殉葬用的木偶或泥人。孔子反对活人殉葬,也不赞

成用人形俑作替代品。后来称开头做坏事为"作俑"。

〔6〕 一榻括子　上海话,统统、全盘的意思。

四库全书珍本[1]

丰之余

现在除兵争,政争等类之外,还有一种倘非闲人,就不大注意的影印《四库全书》中的"珍本"之争[2]。官商要照原式,及早印成,学界却以为库本有删改,有错误,如果有别本可得,就应该用别的"善本"来替代。

但是,学界的主张,是不会通过的,结果总非依照《钦定四库全书》不可。这理由很分明,就因为要赶快。四省不见,九岛出脱[3],不说也罢,单是黄河的出轨[4]举动,也就令人觉得岌岌乎不可终日,要做生意就得赶快。况且"钦定"二字,至今也还有一点威光,"御医""贡缎",就是与众不同的意思。便是早已共和了的法国,拿破仑[5]的藏书在拍卖场上还是比平民的藏书值钱;欧洲的有些著名的"支那学者",讲中国就会引用《钦定图书集成》[6],这是中国的考据家所不肯玩的玩艺。但是,也可见印了"钦定"过的"珍本",在外国,生意总可以比"善本"好一些。

即使在中国,恐怕生意也还是"珍本"好。因为这可以做摆饰,而"善本"却不过能合于实用。能买这样的书的,决非穷措大也可想,则买去之后,必将供在客厅上也亦可知。这类的买主,会买一个商周的古鼎,摆起来;不得已时,也许买一个假古鼎，摆起来；但他决不肯买一个沙锅或铁镬，摆在紫檀桌子上。因为他的目的是在"珍"而并不在"善"，更不在是否能合于实用的。

明末人好名，刻古书也是一种风气，然而往往自己看不懂，以为错字，随手乱改。不改尚可，一改，可就反而改错了，所以使后来的考据家为之摇头叹气，说是"明人好刻古书而古书亡"[7]。这回的《四库全书》中的"珍本"是影印的，决无改错的弊病，然而那原本就有无意的错字，有故意的删改，并且因为新本的流布，更能使善本湮没下去，将来的认真的读者如果偶尔得到这样的本子，恐怕总免不了要有摇头叹气第二回。

然而结果总非依照《钦定四库全书》不可。因为"将来"的事，和现在的官商是不相干了。

八月二十四日。

* * *

〔1〕 本篇最初发表于1933年8月31日《申报·自由谈》。

〔2〕 影印《四库全书》中的"珍本"之争 《四库全书》是清乾隆下令编纂的一部丛书，分经、史、子、集四部，收书三千余种。为了维护清政权的封建统治，有些书曾被抽毁或窜改。1933年6月，国民党政府教育部令当时中央图书馆筹备处和商务印书馆订立合同，影印北京故宫博物院所藏原存文渊阁的《四库全书》缮写本；北京图书馆馆长蔡元培则主张采用旧刻或旧抄本，以代替经四库全书馆馆臣窜改过的库本，藏书家傅增湘、李盛铎和学术界陈垣、刘复等人，也与蔡元培主张相同，

但为教育部长王世杰所反对,当时商务印书馆编译所所长张元济,也主张照印库本。结果商务印书馆仍依官方意见,于1934年至1935年刊行《四库全书珍本初集》,选书二百三十一种。

〔3〕 四省不见 1931年九一八事变后,日本帝国主义先后侵占我国东北辽宁、吉林、黑龙江、热河四省。九岛出脱,九一八事变后,法国殖民主义者趁机提出吞并我国领土西沙群岛和南沙群岛的无理要求,并于1933年7月侵占了中国南沙群岛的九个岛屿。对此,中国各界民众群起抗议,当时中国政府也通过外交途径向法国当局提出过严正交涉。

〔4〕 黄河的出轨 指1933年8月黄河决口,河北、河南、山东、陕西、安徽以至江苏北部,都泛滥成灾。

〔5〕 拿破仑(Napoléon Bonaparte,1769—1821) 即拿破仑·波拿巴,法国资产阶级革命时期军事家、政治家,法兰西第一帝国皇帝。拿破仑藏书很多,死后其藏书辗转易主,1932年曾有一部分被人运往柏林,准备拍卖,后由法国政府设法运回巴黎。

〔6〕 《钦定图书集成》 即《古今图书集成》,我国大型类书之一。清康熙四十五年(1706)陈梦雷编成,初名《图书汇编》。雍正初年,复命蒋廷锡略加编校,抹去陈梦雷之名,加上"钦定"二字,于雍正三年(1725)完成。全书共分历象、方舆、明伦、博物、理学、经济六编,总计凡一万卷。

〔7〕 "明人好刻古书而古书亡" 清代陆心源在《仪顾堂题跋》卷一《六经雅言图辨跋》中,对明人妄改乱刻古书,说过这样的话:"明人书帕本,大抵如是,所谓刻书而书亡者也。"

新秋杂识[1]

旅　隼

　　门外的有限的一方泥地上,有两队蚂蚁在打仗。

　　童话作家爱罗先珂[2]的名字,现在是已经从读者的记忆上渐渐淡下去了,此时我却记起了他的一种奇异的忧愁。他在北京时,曾经认真的告诉我说:我害怕,不知道将来会不会有人发明一种方法,只要怎么一来,就能使人们都成为打仗的机器的。

　　其实是这方法早经发明了,不过较为烦难,不能"怎么一来"就完事。我们只要看外国为儿童而作的书籍,玩具,常常以指教武器为大宗,就知道这正是制造打仗机器的设备,制造是必须从天真烂漫的孩子们入手的。

　　不但人们,连昆虫也知道。蚂蚁中有一种武士蚁,自己不造窠,不求食,一生的事业,是专在攻击别种蚂蚁,掠取幼虫,使成奴隶,给它服役的。但奇怪的是它决不掠取成虫,因为已经难施教化。它所掠取的一定只限于幼虫和蛹,使在盗窟里长大,毫不记得先前,永远是愚忠的奴隶,不但服役,每当武士蚁出去劫掠的时候,它还跟在一起,帮着搬运那些被侵略的同族的幼虫和蛹去了。

　　但在人类,却不能这么简单的造成一律。这就是人之所以为"万物之灵"。

然而制造者也决不放手。孩子长大,不但失掉天真,还变得呆头呆脑,是我们时时看见的。经济的雕敝,使出版界不肯印行大部的学术文艺书籍,不是教科书,便是儿童书,黄河决口似的向孩子们滚过去。但那里面讲的是什么呢?要将我们的孩子们造成什么东西呢?却还没有看见战斗的批评家论及,似乎已经不大有人注意将来了。

反战会议[3]的消息不很在日报上看到,可见打仗也还是中国人的嗜好,给它一个冷淡,正是违反了我们的嗜好的证明。自然,仗是要打的,跟着武士蚁去搬运败者的幼虫,也还不失为一种为奴的胜利。但是,人究竟是"万物之灵",这样那里能就够。仗自然是要打的,要打掉制造打仗机器的蚁冢,打掉毒害小儿的药饵,打掉陷没将来的阴谋:这才是人的战士的任务。

八月二十八日。

* * *

〔1〕 本篇最初发表于1933年9月2日《申报·自由谈》。

〔2〕 爱罗先珂(В. Я. Ерошенко,1889—1952) 俄国诗人和童话作家。童年时因病双目失明。1921年至1923年曾来中国,与鲁迅结识,鲁迅译过他的作品《桃色的云》、《爱罗先珂童话集》等。

〔3〕 反战会议 指世界反对帝国主义战争委员会于1933年9月在上海召开的远东会议。这次会议讨论反对日本帝国主义侵略中国和争取国际和平等问题。开会前,国民党政府和法租界、公共租界当局

对会议进行种种诽谤和阻挠,不许在华界或租界内召开。但在当时中共上海地下党的支持下终于秘密举行。英国马莱爵士、法国作家和《人道报》主笔伐扬-古久里、中国宋庆龄等都出席了这次会议;鲁迅被推为主席团名誉主席。在会议筹备期间,鲁迅曾尽力支持和给以经济上的帮助。鲁迅在1934年12月6日复萧军信中曾说:"会是开成的,费了许多力;各种消息,报上都不肯登,所以在中国很少人知道。结果并不算坏,各代表回国后都有报告,使世界上更明了了中国的实情。我加入的。"

帮闲法发隐[1]

桃 椎

吉开迦尔[2]是丹麦的忧郁的人,他的作品,总是带着悲愤。不过其中也有很有趣味的,我看见了这样的几句——

"戏场里失了火。丑角站在戏台前,来通知了看客。大家以为这是丑角的笑话,喝采了。丑角又通知说是火灾。但大家越加哄笑,喝采了。我想,人世是要完结在当作笑话的开心的人们的大家欢迎之中的罢。"

不过我的所以觉得有趣的,并不专在本文,是在由此想到了帮闲们的伎俩。帮闲,在忙的时候就是帮忙,倘若主子忙于行凶作恶,那自然也就是帮凶。但他的帮法,是在血案中而没有血迹,也没有血腥气的。

譬如罢,有一件事,是要紧的,大家原也觉得要紧,他就以丑角身份而出现了,将这件事变为滑稽,或者特别张扬了不关紧要之点,将人们的注意拉开去,这就是所谓"打诨"。如果是杀人,他就来讲当场的情形,侦探的努力;死的是女人呢,那就更好了,名之曰"艳尸",或介绍她的日记。如果是暗杀,他就来讲死者的生前的故事,恋爱呀,遗闻呀……人们的热情原不是永不弛缓的,但加上些冷水,或者美其名曰清茶,自然就冷得更加迅速了,而这位打诨的脚色,却变成了文学者。

假如有一个人,认真的在告警,于凶手当然是有害的,只要大家还没有僵死。但这时他就又以丑角身份而出现了,仍用打诨,从旁装着鬼脸,使告警者在大家的眼里也化为丑角,使他的警告在大家的耳边都化为笑话。耸肩装穷,以表现对方之阔,卑躬叹气,以暗示对方之傲;使大家心里想:这告警者原来都是虚伪的。幸而帮闲们还多是男人,否则它简直会说告警者曾经怎样调戏它,当众罗列淫辞,然后作自杀以明耻之状也说不定。周围捣着鬼,无论如何严肃的说法也要减少力量的,而不利于凶手的事情却就在这疑心和笑声中完结了。它呢?这回它倒是道德家。

当没有这样的事件时,那就七日一报,十日一谈,收罗废料,装进读者的脑子里去,看过一年半载,就满脑都是某阔人如何摸牌,某明星如何打嚏的典故。开心是自然也开心的。但是,人世却也要完结在这些欢迎开心的开心的人们之中的罢。

八月二十八日。

* * *

〔1〕 本篇最初发表于 1933 年 9 月 5 日《申报·自由谈》。

〔2〕 吉开迦尔(S. A. Kierkegaard,1813—1855) 通译克尔凯郭尔,丹麦哲学家。下面引文见于他的《非此即彼》一书的《序幕》。原书注解说,1836 年 2 月 14 日在彼得堡确实发生过这样的事。(按鲁迅这段引文是根据日本宫原晃一郎译克尔凯郭尔《忧愁的哲理》一书。)

登龙术拾遗[1]

苇 索

章克标[2]先生做过一部《文坛登龙术》,因为是预约的,而自己总是悠悠忽忽,竟失去了拜诵的幸运,只在《论语》[3]上见过广告,解题和后记。但是,这真不知是那里来的"烟士披里纯"[4],解题的开头第一段,就有了绝妙的名文——

"登龙是可以当作乘龙解的,于是登龙术便成了乘龙的技术,那是和骑马驾车相类似的东西了。但平常乘龙就是女婿的意思,文坛似非女性,也不致于会要招女婿,那么这样解释似乎也有引起别人误会的危险。……"

确实,查看广告上的目录,并没有"做女婿"这一门,然而这却不能不说是"智者千虑"[5]的一失,似乎该有一点增补才好,因为文坛虽然"不致于会要招女婿",但女婿却是会要上文坛的。

术曰:要登文坛,须阔太太[6],遗产必需,官司莫怕。穷小子想爬上文坛去,有时虽然会侥幸,终究是很费力气的;做些随笔或茶话之类,或者也能够捞几文钱,但究竟随人俯仰。最好是有富岳家,有阔太太,用赔嫁钱,作文学资本,笑骂随他笑骂,恶作我自印之。"作品"一出,头衔自来,赘婿虽能被妇家所轻,但一登文坛,即声价十倍,太太也就高兴,不至于自打麻将,连眼梢也一动不动了,这就是"交相为用"。但其为文人也,又必须是唯美派,试看王尔德[7]遗照,盘花钮扣,镶牙手杖,何等漂亮,人见犹怜,而况令阃[8]。可惜他的太太不行,以至滥交顽童,穷死异国,假如有钱,何至于此。所以倘欲登龙,也要乘龙,"书中自有黄金屋"[9],早成古话,现在是"金中自有文学家"当令了。

但也可以从文坛上去做女婿。其术是时时留心,寻一个家里有些钱,而自己能写几句"阿呀呀,我悲哀呀"的女士,做文章登报,尊之为"女诗人"[10]。待到看得她有了"知己之感",就照电影上那样的屈一膝跪下,说道"我的生命呵,阿呀呀,我悲哀呀!"——则由登龙而乘龙,又由乘龙而更登龙,十分美满。然而富女诗人未必一定爱穷男文士,所以要有把握也很难,这一法,在这里只算是《登龙术拾遗》的附录,请勿轻用为幸。

八月二十八日。

* * *

[1] 本篇最初发表于1933年9月1日《申报·自由谈》。

[2] 章克标 浙江海宁人。曾留学日本,当时在上海与邵洵美合作,主编《十日谈》旬刊。他的《文坛登龙术》,是一部叙述和嘲讽当时部分文人种种投机取巧手段的书,1933年5月在上海以"绿杨堂"的名义自费出版。

[3] 《论语》 文艺性半月刊,林语堂等编,1932年9月在上海创刊,以提倡"幽默闲适"、抒写"性灵"的小品文为宗旨。1937年8月

停刊。该刊第十九期(1933年6月16日)曾刊载《文坛登龙术》的《解题》和《后记》，第二十三期(1933年8月16日)又刊载该书的广告及目录。

〔4〕 "烟士披里纯"　英语 Inspiration 的音译，意为灵感。

〔5〕 "智者千虑"　语出《史记·淮阴侯列传》："智者千虑必有一失，愚者千虑必有一得"。

〔6〕 要登文坛，须阔太太　这是对邵洵美等人的讽刺。邵娶清末大买办官僚、百万富豪盛宣怀之孙女为妻，曾自办书店和编印刊物。

〔7〕 王尔德(O. Wilde，1854—1900)　英国唯美派作家。著有童话《快乐王子集》、剧本《莎乐美》、《温德米尔夫人的扇子》等。1895年被控以不道德罪(同性恋，即文中说的"滥交顽童")入狱，判服苦役二年，后流落巴黎，穷困而死。

〔8〕 人见犹怜，而况令闻　南朝宋虞通之《妒记》记晋代桓温以李势女为妾，桓妻性凶妒，知此事后，拔刀率领婢女数十人前往杀李，但在会见之后，却为李的容貌言辞所动，乃掷刀说："我见汝亦怜，何况老奴！"(见《世说新语·贤媛》刘孝标注引)这两句即从此改变而来。闻，门槛，古代妇女居住的内室也称为闻，所以又用作妇女的代称。

〔9〕 "书中自有黄金屋"　语出《劝学文》(相传为宋真宗赵恒作)："读读读，书中自有黄金屋；读读读，书中自有千锺粟；读读读，书中自有颜如玉。"

〔10〕 "女诗人"　指当时上海大买办虞洽卿的孙女虞岫云，她在1930年1月以虞琰的笔名出版诗集《湖风》(上海现代书局初版)，内容充满"痛啊"、"悲愁"之类词语。一些人曾加以吹捧，如汤增敭、曾今可曾写过《虞琰的〈湖风〉——介绍一位我们的女诗人》、《女诗人虞岫云访问记》等。

由聋而哑[1]

洛 文

医生告诉我们:有许多哑子,是并非喉舌不能说话的,只因为从小就耳朵聋,听不见大人的言语,无可师法,就以为谁也不过张着口呜呜哑哑,他自然也只好呜呜哑哑了。所以勃兰兑斯[2]叹丹麦文学的衰微时,曾经说:文学的创作,几乎完全死灭了。人间的或社会的无论怎样的问题,都不能提起感兴,或则除在新闻和杂志之外,绝不能惹起一点论争。我们看不见强烈的独创的创作。加以对于获得外国的精神生活的事,现在几乎绝对的不加顾及。于是精神上的"聋",那结果,就也招致了"哑"来。(《十九世纪文学的主潮》第一卷自序)

这几句话,也可以移来批评中国的文艺界,这现象,并不能全归罪于压迫者的压迫,五四运动时代的启蒙运动者和以后的反对者,都应该分负责任的。前者急于事功,竟没有译出什么有价值的书籍来,后者则故意迁怒,至骂翻译者为媒婆[3],有些青年更推波助澜,有一时期,还至于连人地名下注一原文,以便读者参考时,也就诋之曰"衒学"。

今竟何如?三开间店面的书铺,四马路上还不算少,但那里面满架是薄薄的小本子,倘要寻一部巨册,真如披沙拣金之难。自然,生得又高又胖并不就是伟人,做得多而且繁也决不就是名著,而况还有"剪贴"。但是,小小的一本"什么ABC[4]"里,却也决不能包罗一切学术文艺的。一道浊流,固然不如一杯清水的干净而澄明,但蒸溜了浊流的一部分,却就有许多杯净水在。

因为多年买空卖空的结果,文界就荒凉了,文章的形式虽然比较的整齐起来,但战斗的精神却较前有退无进。文人虽因捐班或互捧,很快的成名,但为了出力的吹,壳子大了,里面反显得更加空洞。于是误认这空虚为寂寞,像煞有介事的说给读者们;其甚者还至于摆出他心的腐烂来,算是一种内面的宝贝。散文,在文苑中算是成功的,但试看今年的选本,便是前三名,也即令人有"貂不足,狗尾续"[5]之感。用秕谷来养青年,是决不会壮大的,将来的成就,且要更渺小,那模样,可看尼采所描写的"末人"[6]。

但绍介国外思潮,翻译世界名作,凡是运输精神的粮食的航路,现在几乎都被聋哑的制造者们堵塞了,连洋人走狗,富户赘郎,也会来哼哼的冷笑一下。他们要掩住青年的耳朵,使之由聋而哑,枯涸渺小,成为"末人",非弄到大家只能看富家儿和小瘪三所卖的春宫,不肯罢手。甘为泥土的作者和译者的奋斗,是已经到了万不可缓的时候了,这就是竭力运输些切实的精神的粮食,放在青年们的周围,一面将那些聋哑的制造者送回黑洞和朱门里面去。

八月二十九日。

※　　※　　※

〔1〕 本篇最初发表于1933年9月8日《申报·自由谈》。

〔2〕 勃兰兑斯（G. Brandes，1842—1927） 丹麦文学批评家。他的主要著作《十九世纪文学的主潮》，共六卷，出版于1872年至1890年。鲁迅曾购该书日译本。

〔3〕 1921年2月郭沫若在《民铎》杂志第二卷第五号发表致李石岑函，其中有这样的话："我觉得国内人士只注重媒婆，而不注重处子；只注重翻译，而不注重产生。"

〔4〕 ABC 入门、初步的意思。当时上海世界书局出版过一套"ABC丛书"，内收各方面的入门书多种。

〔5〕 "貂不足，狗尾续" 语出《晋书·赵王伦传》，原意是讽刺司马懿第九子司马伦封爵过滥，连家中奴仆差役都受封，"每朝会，貂蝉盈座，时人为之谚曰：'貂不足，狗尾续'。"

〔6〕 尼采（F. Nietzsche，1844—1900） 德国哲学家，唯意志论者。主张"超人"哲学。"末人"（Der Letzte Mensch），见尼采所著《扎拉图斯特拉如是说》的《序言》，意思是指一种无希望、无创造、平庸畏葸、浅陋渺小的人。鲁迅曾经把这篇《序言》译成中文，发表于1920年6月《新潮》杂志第二卷第五号。

新 秋 杂 识(二)[1]

旅 隼

八月三十日的夜里,远远近近,都突然劈劈拍拍起来,一时来不及细想,以为"抵抗"又开头了,不久就明白了那是放爆竹,这才定了心。接着又想:大约又是什么节气了罢?……待到第二天看报纸,才知道原来昨夜是月蚀,那些劈劈拍拍,就是我们的同胞,异胞(我们虽然大家自称为黄帝子孙,但蚩尤[2]的子孙想必也未尝死绝,所以谓之"异胞")在示威,要将月亮从天狗嘴里救出。

再前几天,夜里也很热闹。街头巷尾,处处摆着桌子,上面有面食,西瓜;西瓜上面叮着苍蝇,青虫,蚊子之类,还有一桌和尚,口中念念有词:"回猪猡普米呀吽![3]唵呀吽!吽!!"这是在放焰口,施饿鬼。到了盂兰盆节[4]了,饿鬼和非饿鬼,都从阴间跑出,来看上海这大世面,善男信女们就在这时尽地主之谊,托和尚"唵呀吽"的弹出几粒白米去,请它们都饱饱的吃一通。

我是一个俗人,向来不大注意什么天上和阴间的,但每当这些时候,却也不能不感到我们的还在人间的同胞们和异胞们的思虑之高超和妥帖。别的不必说,就在这不到两整年中,大则四省,小则九岛,都已变了旗色了,不久还有八岛。不但救不胜救,即使想要救罢,一开口,说不定自己就危险(这两句,印后成了"于势也有所未能")。所以最妥当是救月亮,那怕爆竹放得震天价响,天狗决不至于来咬,月亮里的酋长(假如有酋长的话)也不会出来禁止,目为反动的。救人也一样,兵灾,旱灾,蝗灾,水灾……灾民们不计其数,幸而暂免于灾殃的小民,又怎么能有一个救法?那自然远不如救魂灵,事省功多,和大人先生的打醮造塔[5]同其功德。这就是所谓"人无远虑,必有近忧"[6];而"君子务其大者远者"[7],亦此之谓也。

而况"庖人虽不治庖,尸祝不越尊俎而代之"[8],也是古圣贤的明训,国事有治国者在,小民是用不着吵闹的。不过历来的圣帝明王,可又并不卑视小民,倒给与了更高超的自由和权利,就是听你专门去救宇宙和魂灵。这是太平的根基,从古至今,相沿不废,将来想必也不至先便废。记得那是去年的事了,沪战初停,日兵渐渐的走上兵船和退进营房里面去,有一夜也是这么劈劈拍拍起来,时候还在"长期抵抗"[9]中,日本人又不明白我们的国粹,以为又是第几路军前来收复失地了,立刻放哨,出兵……乱烘烘的闹了一通,才知道我们是在救月亮,他们是在见鬼。"哦哦!成程(Naruhodo＝原来如此)!"惊叹和佩服之余,于是恢复了平和的原状。今年呢,连哨也没放,大约是已被中国的精神文明感化了。

现在的侵略者和压制者,还有像古代的暴君一样,竟连奴才们的发昏和做梦也不准的么?……

八月三十一日。

准风月谈

※　　※　　※

〔1〕 本篇最初发表于1933年9月13日《申报·自由谈》,题为《秋夜漫谈》,署名虞明。

〔2〕 蚩尤　古代传说中我国九黎族的首领,相传他在涿鹿与黄帝作战,兵败被杀。

〔3〕 "回猪猡普米呀吽!"　梵语音译,《瑜伽集要焰口施食仪》中的咒文,"猪猡"原作"资啰"。

〔4〕 盂兰盆节　"盂兰盆"是梵语 Ullambana 的音译,意为解倒悬。旧俗以夏历七月十五日为佛教盂兰盆节(同日也是道教中元节),在这一天夜里请和尚诵经施食,追荐死者,称为放焰口。焰口,饿鬼名。

〔5〕 打醮　旧时僧道设坛念经做法事。九一八事变前后,国民党官员戴季陶等拉拢当时的班禅喇嘛,以超荐天灾兵祸死去的鬼魂等名义,迭次发起在南京附近的宝华山隆昌寺举办"普利法会"、"仁王护国法会"等,诵经礼佛。造塔,指戴季陶于1933年5月邀中山大学在南京的师生七十余人合抄孙中山的遗著,盛铜盒中,外镶石匣,在中山陵附近建筑宝塔收藏。

〔6〕 "人无远虑,必有近忧"　孔子的话,语出《论语·卫灵公》。

〔7〕 "君子务其大者远者"　语出《左传》襄公三十一年:"君子务知大者远者,小人务知小者近者",是春秋时郑国子皮对子产所说的话。

〔8〕 "庖人虽不治庖,尸祝不越尊俎而代之"　语出《庄子·逍遥游》,意思是各人办理自己分内的事。庖人,厨子;尸祝,主持祝祷的人;尊俎,盛酒载牲的器具。

〔9〕 "长期抵抗"　九一八事变时,蒋介石命令东北军"不予抵

抗,力避冲突"。"一·二八"战争爆发后,国民党在洛阳召开的四届二中全会宣言中曾声称"中央既定长期抵抗之决心",此外又有"心理抵抗"之类的说法。

男人的进化[1]

虞 明

说禽兽交合是恋爱未免有点亵渎。但是,禽兽也有性生活,那是不能否认的。它们在春情发动期,雌的和雄的碰在一起,难免"卿卿我我"的来一阵。固然,雌的有时候也会装腔做势,逃几步又回头看,还要叫几声,直到实行"同居之爱"为止。禽兽的种类虽然多,它们的"恋爱"方式虽然复杂,可是有一件事是没有疑问的:就是雄的不见得有什么特权。

人为万物之灵,首先就是男人的本领大。最初原是马马虎虎的,可是因为"知有母不知有父"[2]的缘故,娘儿们曾经"统治"过一个时期,那时的祖老太太大概比后来的族长还要威风。后来不知怎的,女人就倒了霉:项颈上,手上,脚上,全都锁上了链条,扣上了圈儿,环儿,——虽则过了几千年这些圈儿环儿大都已经变成了金的银的,镶上了珍珠宝钻,然而这些项圈,镯子,戒指等等,到现在还是女奴的象征。既然女人成了奴隶,那就男人不必征求她的同意再去"爱"她了。古代部落之间的战争,结果俘虏会变成奴隶,女俘虏就会被强奸。那时候,大概春情发动期早就"取消"了,随时随地男主人都可以强奸女俘虏,女奴隶。现代强盗恶棍之流的不把女人当人，其实是大有酋长式武士道的遗风的。

但是，强奸的本领虽然已经是人比禽兽"进化"的一步，究竟还只是半开化。你想，女的哭哭啼啼，扭手扭脚，能有多大兴趣？自从金钱这宝贝出现之后，男人的进化就真的了不得了。天下的一切都可以买卖，性欲自然并非例外。男人化几个臭钱，就可以得到他在女人身上所要得到的东西。而且他可以给她说：我并非强奸你，这是你自愿的，你愿意拿几个钱，你就得如此这般，百依百顺，咱们是公平交易！蹂躏了她，还要她说一声"谢谢你，大少"。这是禽兽干得来的么？所以嫖妓是男人进化的颇高的阶段了。

同时，父母之命媒妁之言的旧式婚姻，却要比嫖妓更高明。这制度之下，男人得到永久的终身的活财产。当新妇被人放到新郎的床上的时候，她只有义务，她连讲价钱的自由也没有，何况恋爱。不管你爱不爱，在周公[3]孔圣人的名义之下，你得从一而终，你得守贞操。男人可以随时使用她，而她却要遵守圣贤的礼教，即使"只在心里动了恶念，也要算犯奸淫"[4]的。如果雄狗对雌狗用起这样巧妙而严厉的手段来，雌的一定要急得"跳墙"。然而人却只会跳井，当节妇，贞女，烈女去。礼教婚姻的进化意义，也就可想而知了。

至于男人会用"最科学的"学说，使得女人虽无礼教，也能心甘情愿地从一而终，而且深信性欲是"兽欲"，不应当作为恋爱的基本条件；因此发明"科学的贞操"，——那当然是文明进化的顶点了。

呜呼，人——男人——之所以异于禽兽者！

自注：这篇文章是卫道的文章。

九月三日。

※　　※　　※

〔1〕 本篇最初发表于1933年9月16日《申报·自由谈》，署名旅隼。

〔2〕 "知有母不知有父" 指原始社会杂婚制下的现象。《吕氏春秋·恃君览》中有关于这种现象的记载："昔太古尝无君矣，其民聚生群处，知母不知父。"

〔3〕 周公 姓姬，名旦，周武王之弟。他曾助武王灭商，并辅成王执政，对周代典章制度的建立起了很大作用。旧传"六经"中的《礼经》(《仪礼》)为周公所作，或说是孔子所定；其中关于婚礼的详细规定，长期影响着封建社会的婚姻制度。

〔4〕 "只在心里动了恶念，也要算犯奸淫" 语出基督教的《新约全书·马太福音》第五章："凡看见妇女就动淫念的，这人心里已经与他犯奸淫了。"

同意和解释[1]

虞 明

上司的行动不必征求下属的同意,这是天经地义。但是,有时候上司会对下属解释。

新进的世界闻人说:"原人时代就有威权,例如人对动物,一定强迫它们服从人的意志,而使它们抛弃自由生活,不必征求动物的同意。"[2]这话说得透彻。不然,我们那里有牛肉吃,有马骑呢?人对人也是这样。

日本耶教会[3]主教最近宣言日本是圣经上说的天使:"上帝要用日本征服向来屠杀犹太人的白人……以武力解放犹太人,实现《旧约》上的豫言。"这也显然不征求白人的同意的,正和屠杀犹太人的白人并未征求过犹太人的同意一样。日本的大人老爷在中国制造"国难",也没有征求中国人民的同意。——至于有些地方的绅董,却去征求日本大人的同意,请他们来维持地方治安,那却又当别论。总之,要自由自在的吃牛肉,骑马等等,就必须宣布自己是上司,别人是下属;或是把人比做动物,或是把自己作为天使。

但是,这里最要紧的还是"武力",并非理论。不论是社会学或是基督教的理论,都不能够产生什么威权。原人对于动物的威权,是产生于弓箭等类的发明的。至于理论,那不过是随后想出来的解释。这种解释的作用，在于制造自己威权的宗教上，哲学上，科学上，世界潮流上的根据，使得奴隶和牛马恍然大悟这世界的公律，而抛弃一切翻案的梦想。

当上司对于下属解释的时候，你做下属的切不可误解这是在征求你的同意，因为即使你绝对的不同意，他还是干他的。他自有他的梦想，只要金银财宝和飞机大炮的力量还在他手里，他的梦想就会实现；而你的梦想却终于只是梦想，——万一实现了，他还说你抄袭他的动物主义的老文章呢。

据说现在的世界潮流，正是庞大权力的政府的出现，这是十九世纪人士所梦想不到的。意大利和德意志不用说了；就是英国的国民政府，"它的实权也完全属于保守党一党"。"美国新总统所取得的措置经济复兴的权力，比战争和戒严时期还要大得多"。[4]大家做动物，使上司不必征求什么同意，这正是世界的潮流。懿欤盛哉，这样的好榜样，那能不学？

不过，我这种解释还有点美中不足：中国自己的秦始皇帝焚书坑儒，中国自己的韩退之[5]等说："民不出米粟麻丝以事其上则诛"。这原是国货，何苦违背着民族主义，引用外国的学说和事实——长他人威风，灭自己志气呢？

九月三日。

*　　*　　*　　*

〔1〕　本篇最初发表于1933年9月20日《申报·自由谈》。

〔2〕　这是希特勒1933年9月初在纽伦堡国社党大会闭幕时发

表演说中的话。

〔3〕 日本耶教会　即日本耶稣教会。据1933年9月3日《大晚报》载路透社东京讯说,该会负责人中田宣称:"《以色亚》章(按指《旧约全书·以赛亚书》第五十五章)中一汝所不知之国,与亦不知汝之国,及《启示录》第七篇(按指《新约全书·启示录》第七章)一天使降自东方,执上帝之玺,皆指日本而言。"又说:"上帝将以日本征服向来屠杀犹太人之白人,……日本以武力解放犹太人,实现《旧约》预言"。

〔4〕 这是当时国民党政府财政部长宋子文出席世界经济会议归国后,1933年9月3日在南京说的话。他宣传西方各国政府的"权力之大","为十九世纪人士所梦想不到",要中国效法这种"好榜样"。美国新总统,指1933年3月就职的第三十二任总统罗斯福。

〔5〕 韩退之(768—824)　名愈,字退之,河阳(今河南孟县)人,唐代文学家。自述郡望昌黎。著有《韩昌黎集》。这里所引的话见他所作的《原道》,原文为:"民不出粟、米、麻、丝,作器皿,通货财,以事其上,则诛!"

文床秋梦[1]

游 光

春梦是颠颠倒倒的。"夏夜梦"呢？看沙士比亚[2]的剧本,也还是颠颠倒倒。中国的秋梦,照例却应该"肃杀",民国以前的死囚,就都是"秋后处决"的,这是顺天时。天教人这么着,人就不能不这么着。所谓"文人"当然也不至于例外,吃得饱饱的睡在床上,食物不能消化完,就做梦;而现在又是秋天,天就教他的梦威严起来了。

二卷三十一期（八月十二日出版）的《涛声》上,有一封自名为"林丁"先生的给编者的信,其中有一段说——

"……之争,孰是孰非,殊非外人所能详道。然而彼此摧残,则在傍观人看来,却不能不承是整个文坛的不幸。……我以为各人均应先打屁股百下,以儆效尤,余事可一概不提。……"

前两天,还有某小报上的不署名的社谈,它对于早些日子余赵的剪窃问题之争[3],也非常气愤——

"……假使我一朝大权在握,我一定把这般东西捉了来,判他们罚作苦工,读书十年;中国文坛,或尚有干净之一日。"

张献忠自己要没落了,他的行动就不问"孰是孰非",只是杀。清朝的官员，对于原被两造[4]，不问青红皂白，各打屁股一百或五十的事，确也偶尔会有的，这是因为满洲还想要奴才，供搜刮，就是"林丁"先生的旧梦。某小报上的无名子先生可还要比较的文明，至少，它是已经知道了上海工部局"判罚"下等华人的方法的了。

但第一个问题是在怎样才能够"一朝大权在握"？文弱书生死样活气，怎么做得到权臣？先前，还可以希望招驸马，一下子就飞黄腾达，现在皇帝没有了，即使满脸涂着雪花膏，也永远遇不到公主的青睐；至多，只可以希图做一个富家的姑爷而已。而捐官的办法，又早经取消，对于"大权"，还是只能像狐狸的遇着高处的葡萄一样，仰着白鼻子看看。文坛的完整和干净，恐怕实在也到底很渺茫。

五四时候，曾经在出版界上发现了"文丐"，接着又发现了"文氓"，但这种威风凛凛的人物，却是我今年秋天在上海新发现的，无以名之，姑且称为"文官"罢。看文学史，文坛是常会有完整而干净的时候的，但谁曾见过这文坛的澄清，会和这类的"文官"们有丝毫关系的呢。

不过，梦是总可以做的，好在没有什么关系，而写出来也有趣。请安息罢，候补的少大人们！

九月五日。

* * * *

〔1〕　本篇最初发表于1933年9月11日《申报·自由谈》。

〔2〕　沙士比亚（W. Shakespeare，1564—1616）　欧洲文艺复兴时

期的英国戏剧家。他的喜剧《仲夏夜之梦》,出版于1600年。

〔3〕 余赵的剪窃问题之争 余赵指余慕陶和赵景深。1933年余慕陶在乐华书局出版《世界文学史》上中两册,内容大都从赵景深的《中国文学小史》及他人所著中外文学史、革命史中剪窃而来,经赵景深等人在《自由谈》上指出以后,余慕陶一再作文强辩,说他的书是"整理"而非剪窃。

〔4〕 原被两造 原告与被告两方。《尚书·吕刑》:"两造具备,师听五辞。"意为原告和被告到齐,法官依据五刑条律处理。

电影的教训[1]

孺　牛

当我在家乡的村子里看中国旧戏的时候,是还未被教育成"读书人"的时候,小朋友大抵是农民。爱看的是翻筋斗,跳老虎,一把烟焰,现出一个妖精来;对于剧情,似乎都不大和我们有关系。大面和老生的争城夺地,小生和正旦的离合悲欢,全是他们的事,捏锄头柄人家的孩子,自己知道是决不会登坛拜将,或上京赴考的。但还记得有一出给了感动的戏,好像是叫作《斩木诚》[2]。一个大官蒙了不白之冤,非被杀不可了,他家里有一个老家丁,面貌非常相像,便代他去"伏法"。那悲壮的动作和歌声,真打动了看客的心,使他们发见了自己的好模范。因为我的家乡的农人,农忙一过,有些是给大户去帮忙的。为要做得像,临刑时候,主母照例的必须去"抱头大哭",然而被他踢开了,虽在此时,名分也得严守,这是忠仆,义士,好人。

但到我在上海看电影的时候,却早是成为"下等华人"的了,看楼上坐着白人和阔人,楼下排着中等和下等的"华胄",银幕上现出白色兵们打仗,白色老爷发财,白色小姐结婚,白色英雄探险,令看客佩服,羡慕,恐怖,自己觉得做不到。但当白色英雄探险非洲时,却常有黑色的忠仆来给他开路,服役,拚命,替死,使主子安然的回家;待到他豫备第二次探险时,忠仆不可再得,便又记起了死者,脸色一沉,银幕上就现出一个他记忆上的黑色的面貌。黄脸的看客也大抵在微光中把脸色一沉:他们被感动了。

幸而国产电影也在挣扎起来,耸身一跳,上了高墙,举手一扬,掷出飞剑,不过这也和十九路军[3]一同退出上海,现在是正在准备开映屠格纳夫的《春潮》[4]和茅盾的《春蚕》[5]了。当然,这是进步的。但这时候,却先来了一部竭力宣传的《瑶山艳史》[6]。

这部片子,主题是"开化瑶民",机键是"招驸马[7]",令人记起《四郎探母》[8]以及《双阳公主追狄》[9]这些戏本来。中国的精神文明主宰全世界的伟论,近来不大听到了,要想去开化,自然只好退到苗瑶之类的里面去,而要成这种大事业,却首先须"结亲",黄帝子孙,也和黑人一样,不能和欧亚大国的公主结亲,所以精神文明就无法传播。这是大家可以由此明白的。

九月七日。

*　　*　　*

〔1〕 本篇最初发表于1933年9月11日《申报·自由谈》。

〔2〕 《斩木诚》 根据下文所述情节,此剧出自清代李玉著传奇《一捧雪》。木诚应作莫诚,为剧中人莫怀古之仆。

〔3〕 十九路军 即国民党第十九路军。总指挥蒋光鼐,副总指挥兼军长蔡廷锴。九一八事变后调驻上海。1932年1月28日日军进

攻上海,该军曾自动进行抵抗。国民党当局与日本签订《淞沪停战协定》后,被调往福建"剿共"。1933年11月,该军领导人联合国民党内李济深等,在福建成立"中华共和国人民革命政府",与红军订立抗日反蒋协定。不久,在蒋军进攻下失败。1934年1月被撤消番号。

〔4〕 屠格纳夫(И. С. Тургенев,1818—1883) 通译屠格涅夫,俄国作家,著有长篇小说《罗亭》、《父与子》等。《春潮》屠格涅夫的中篇小说,1933年上海亨生影片公司曾据以拍摄为同名影片。

〔5〕 《春蚕》 茅盾的短篇小说,1933年由上海明星影片公司改编拍摄为同名影片。

〔6〕 《瑶山艳史》 上海艺联影业公司出品的影片。片中有在瑶区从事"开化"工作的男主角向瑶王女儿求爱,决心不再"出山"的情节。1933年9月初在上海公映时,影片公司在各报大登广告。该片曾获国民党中央党部嘉奖,"开化瑶民"一语,见于嘉奖函中。

〔7〕 驸马 汉朝设有"驸马都尉",掌管御马;魏晋开始,公主的配偶授与"驸马都尉"的职位,此后驸马成为公主配偶的专称。

〔8〕 《四郎探母》 京剧,内容是北宋与辽交战,宋将杨四郎(延辉)被俘,当了驸马。后四郎母余太君统兵征辽,四郎思母,潜回宋营探望,然后重返辽邦。

〔9〕 《双阳公主追狄》 京剧,内容是北宋大将狄青西征途中误走单单国,被诱与单单王之女双阳公主成亲。后来狄青逃出,继续西行,至风火关,公主追来,斥他负义;狄青以实情相告,公主感动,将他放走。

关于翻译(上)[1]

洛 文

因为我的一篇短文,引出了穆木天[2]先生的《从〈为翻译辩护〉谈到楼译〈二十世纪之欧洲文学〉》(九日《自由谈》所载),这在我,是很以为荣幸的,并且觉得凡所指摘,也恐怕都是实在的错误。但从那作者的案语里,我却又想起一个随便讲讲,也许并不是毫无意义的问题来了。那是这样的一段——

"在一百九十九页,有'在这种小说之中,最近由学术院(译者:当系指著者所属的俄国共产主义学院)所选的鲁易倍尔德兰的不朽的诸作,为最优秀'。在我以为此地所谓'Academie'者,当指法国翰林院。苏联虽称学艺发达之邦,但不会为帝国主义作家作选集罢?我不知为什么楼先生那样地滥下注解?"

究竟是那一国的 Academia[3] 呢?我不知道。自然,看作法国的翰林院,是万分近理的,但我们也不能决定苏联的大学院就"不会为帝国主义作家作选集"。倘在十年以前,是决定不会的,这不但为物力所限,也为了要保护革命的婴儿,不能将滋养的,无益的,有害的食品都漫无区别的乱放在他前面。现在却可以了,婴儿已经长大,而且强壮,聪明起来,即使将鸦片或吗啡给他看，也没有什么大危险，但不消说，一面也必须有先觉者来指示，说吸了就会上瘾，而上瘾之后，就成一个废物，或者还是社会上的害虫。

在事实上，我曾经见过苏联的 Academia 新译新印的阿剌伯的《一千一夜》，意大利的《十日谈》，还有西班牙的《吉诃德先生》，英国的《鲁滨孙漂流记》[4]；在报章上，则记载过在为托尔斯泰印选集，为歌德[5]编全集——更完全的全集。倍尔德兰[6]不但是加特力教[7]的宣传者，而且是王朝主义的代言人，但比起十九世纪初德意志布尔乔亚[8]的文豪歌德来，那作品也不至于更加有害。所以我想，苏联来给他出一本选集，实在是很可能的。不过在这些书籍之前，想来一定有详序，加以仔细的分析和正确的批评。

凡作者，和读者因缘愈远的，那作品就于读者愈无害。古典的，反动的，观念形态已经很不相同的作品，大抵即不能打动新的青年的心（但自然也要有正确的指示），倒反可以从中学学描写的本领，作者的努力。恰如大块的砒霜，欣赏之余，所得的是知道它杀人的力量和结晶的模样：药物学和矿物学上的知识了。可怕的倒在用有限的砒霜，和在食物中间，使青年不知不觉的吞下去，例如似是而非的所谓"革命文学"，故作激烈的所谓"唯物史观的批评"，就是这一类。这倒是应该防备的。

我是主张青年也可以看看"帝国主义者"的作品的，这就是古语的所谓"知己知彼"。青年为了要看虎狼，赤手空拳的跑到深山里去固然是呆子，但因为虎狼可怕，连用铁栅围起来了的动物园里也不敢去,却也不能不说是一位可笑的愚人。有害的文学的铁栅是什么呢?批评家就是。

九月十一日。

补记:这一篇没有能够刊出。

九月十五日。

※　　※　　※

〔1〕 本篇在当时未能刊出,原文前三行(自"因为我的一篇短文"至"也恐怕都是实在的错误")被移至下篇之首,并为一篇发表。

〔2〕 穆木天(1900—1971) 吉林伊通人,诗人、翻译家,曾参加创造社,后加入"左联"。他这篇文章所谈的《二十世纪之欧洲文学》,系指苏联弗里契原著、楼建南(适夷)翻译的中文本,1933 年上海新生命书局出版。

〔3〕 Academia 拉丁文:科学院(旧时曾译作大学院、翰林院)。法文作 Académie。下文所说法国翰林院,指法兰西学院(Académie Française)。苏联的大学院,指苏联科学院(Академия Наук СССР)。

〔4〕 《一千一夜》 即《一千零一夜》,又名《天方夜谈》,阿拉伯古代民间故事集。《十日谈》,意大利薄伽丘著的故事集。《吉诃德先生》,即《堂吉诃德》,西班牙塞万提斯著的长篇小说。《鲁滨孙漂流记》,英国笛福著的长篇小说。

〔5〕 歌德(J. W. von Goethe,1749—1832) 德国诗人、学者。主要作品有诗剧《浮士德》和小说《少年维特之烦恼》等。

〔6〕 倍尔德兰(L. Bertrand,1866—1941) 通译路易·贝特朗,法国作家。1925 年为法兰西学院院士。著有小说《种族之血》等及多

种历史传记。

〔7〕 加特力教　即天主教。加特力为拉丁文 Catholiga 的音译。

〔8〕 布尔乔亚　即资产阶级,法文 Bourgeoisie 的音译。

关于翻译(下)[1]

洛 文

但我在那《为翻译辩护》中,所希望于批评家的,实在有三点:一,指出坏的;二,奖励好的;三,倘没有,则较好的也可以。而穆木天先生所实做的是第一句。以后呢,可能有别的批评家来做其次的文章,想起来真是一个大疑问。

所以我要再来补充几句:倘连较好的也没有,则指出坏的译本之后,并且指明其中的那些地方还可以于读者有益处。

此后的译作界,恐怕是还要退步下去的。姑不论民穷财尽,即看地面和人口,四省是给日本拿去了,一大块在水淹,一大块在旱,一大块在打仗,只要略略一想,就知道读者是减少了许许多了。因为销路的少,出版界就要更投机,欺骗,而拿笔的人也因此只好更投机,欺骗。即有不愿意欺骗的人,为生计所压迫,也总不免比较的粗制滥造,增出些先前所没有的缺点来。走过租界的住宅区邻近的马路,三间门面的水果店,晶莹的玻璃窗里是鲜红的苹果,通黄的香蕉,还有不知名的热带的果物。但略站一下就知道:这地方,中国人是很少进去的,买不起。我们大抵只好到同胞摆的水果摊上去,化几文钱买一个烂苹果。

苹果一烂,比别的水果更不好吃,但是也有人买的,不过我们另外还有一种相反的脾气：首饰要"足赤"，人物要"完人"。一有缺点，有时就全部都不要了。爱人身上生几个疮，固然不至于就请律师离婚，但对于作者，作品，译品，却总归比较的严紧，萧伯纳坐了大船[2]，不好；巴比塞[3]不算第一个作家，也不好；译者是"大学教授，下职官员"[4]，更不好。好的又不出来，怎么办呢？我想，还是请批评家用吃烂苹果的方法，来救一救急罢。

我们先前的批评法，是说，这苹果有烂疤了，要不得，一下子抛掉。然而买者的金钱有限，岂不是大冤枉，而况此后还要穷下去。所以，此后似乎最好还是添几句，倘不是穿心烂，就说：这苹果有着烂疤了，然而这几处没有烂，还可以吃得。这么一办，译品的好坏是明白了，而读者的损失也可以小一点。

但这一类的批评，在中国还不大有，即以《自由谈》所登的批评为例，对于《二十世纪之欧洲文学》，就是专指烂疤的；记得先前有一篇批评邹韬奋先生所编的《高尔基》[5]的短文，除掉指出几个缺点之外，也没有别的话。前者我没有看过，说不出另外可有什么可取的地方，但后者却曾经翻过一遍，觉得除批评者所指摘的缺点之外，另有许多记载作者的勇敢的奋斗，胥吏的卑劣的阴谋，是很有益于青年作家的，但也因为有了烂疤，就被抛在筐子外面了。

所以，我又希望刻苦的批评家来做剜烂苹果的工作，这正如"拾荒"一样，是很辛苦的，但也必要，而且大家有益的。

九月十一日。

※　　※　　※

〔1〕 本篇最初发表于1933年9月14日《申报·自由谈》。

〔2〕 萧伯纳于1933年乘英国"皇后号"轮船周游世界,2月17日途经上海。

〔3〕 巴比塞(H. Barbusse,1873—1935) 法国作家。著有长篇小说《火线》、《光明》及《斯大林传》等。

〔4〕 "大学教授,下职官员" 这是邵洵美在《十日谈》杂志第二期(1933年8月20日)发表的《文人无行》一文中的话:"大学教授,下职官员,当局欠薪,家有儿女老少,于是在公余之暇,只得把平时借以消遣的外国小说,译一两篇来换些稿费……。"

〔5〕 邹韬奋(1895—1944) 江西余江人,政论家、出版家。曾主编《生活》周刊,创办生活书店,著有《萍踪寄语》等书。《高尔基》(原书名《革命文豪高尔基》)是他根据美国康恩所著的《高尔基和他的俄国》一书编译而成,1933年7月上海生活书店出版。这里所说批评的短文,是指林翼之的《读〈高尔基〉》一文,发表于1933年7月17日《申报·自由谈》。

新秋杂识(三)[1]

旅隼

"秋来了!"

秋真是来了,晴的白天还好,夜里穿着洋布衫就觉得凉飕飕。报章上满是关于"秋"的大小文章:迎秋,悲秋,哀秋,责秋……等等。为了趋时,也想这么的做一点,然而总是做不出。我想,就是想要"悲秋"之类,恐怕也要福气的,实在令人羡慕得很。

记得幼小时,有父母爱护着我的时候,最有趣的是生点小毛病,大病却生不得,既痛苦,又危险的。生了小病,懒懒的躺在床上,有些悲凉,又有些娇气,小苦而微甜,实在好像秋的诗境。呜呼哀哉,自从流落江湖以来,灵感卷逃,连小病也不生了。偶然看看文学家的名文,说是秋花为之惨容,大海为之沉默云云,只是愈加感到自己的麻木。我就从来没有见过秋花为了我在悲哀,忽然变了颜色;只要有风,大海是总在呼啸的,不管我爱闹还是爱静。

冰莹[2]女士的佳作告诉我们:"晨是学科学的,但在这一刹那,完全忘掉了他的志趣,存在他脑海中的只有一个尽量地享受自然美景的目的。……"这也是一种福气。科学我学的很浅,只读过一本生物学教科书,但是,它那些教训,花是植物的生殖机关呀,虫鸣鸟啭,是在求偶呀之类,就完全忘不掉了。昨夜闲逛荒场,听到蟋蟀在野菊花下鸣叫,觉得好像是美景,诗兴勃发,就做了两句新诗——

野菊的生殖器下面,

蟋蟀在吊膀子。

写出来一看,虽然比粗人们所唱的俚歌要高雅一些,而对于新诗人的由"烟士披离纯"而来的诗,还是"相形见绌"。写得太科学,太真实,就不雅了,如果改作旧诗,也许不至于这样。生殖机关,用严又陵[3]先生译法,可以谓之"性官";"吊膀子"呢,我自己就不懂那语源,但据老于上海者说,这是因西洋人的男女挽臂同行而来的,引伸为诱惑或追求异性的意思。吊者,挂也,亦即相挟持。那么,我的诗就译出来了——

野菊性官下,

鸣蛩在悬肘。

虽然很有些费解,但似乎也雅得多,也就是好得多。人们不懂,所以雅,也就是所以好,现在也还是一个做文豪的秘诀呀。质之"新诗人"邵洵美[4]先生之流,不知以为何如?

九月十四日。

* * * *

〔1〕 本篇最初发表于1933年9月17日《申报·自由谈》。

〔2〕 冰莹 谢冰莹(1906—2000),湖南新化人,作家。下文引自她在1933年9月8日《申报·自由谈》上发表的《海滨之夜》一文。

〔3〕 严又陵(1854—1921) 名复,字又陵,又字几道,福建闽侯

（今属福州）人，清代启蒙思想家、翻译家。他在关于自然科学的译文中，把人体和动植物的各种器官，都简译为"官"。

〔4〕 邵洵美（1906—1968） 浙江余姚人。曾留学英国，1928年在上海创办金屋书店，主编《金屋月刊》，提倡唯美主义文学。著有诗集《花一般的罪恶》等。

礼[1]

苇　索

　　看报,是有益的,虽然有时也沉闷。例如罢,中国是世界上国耻纪念最多的国家,到这一天,报上照例得有几块记载,几篇文章。但这事真也闹得太重叠,太长久了,就很容易千篇一律,这一回可用,下一回也可用,去年用过了,明年也许还可用,只要没有新事情。即使有了,成文恐怕也仍然可以用,因为反正总只能说这几句话。所以倘不是健忘的人,就会觉得沉闷,看不出新的启示来。

　　然而我还是看。今天偶然看见北京追悼抗日英雄邓文[2]的记事,首先是报告,其次是演讲,最末,是"礼成,奏乐散会"。

　　我于是得了新的启示:凡纪念,"礼"而已矣。

　　中国原是"礼义之邦",关于礼的书,就有三大部[3],连在外国也译出了,我真特别佩服《仪礼》的翻译者。事君,现在可以不谈了;事亲,当然要尽孝,但殁后的办法,则已归入祭礼中,各有仪:就是现在的拜忌日,做阴寿之类。新的忌日添出来,旧的忌日就淡一点,"新鬼大,故鬼小"[4]也。我们的纪念日也是对于旧的几个比较的不起劲,而新的几个之归于淡漠,则只好以俟将来,和人家的拜忌辰是一样的。有人说,中国的国家以家族为基础,真是有识见。

中国又原是"礼让为国"[5]的,既有礼,就必能让,而愈能让,礼也就愈繁了。总之,这一节不说也罢。

古时候,或以黄老治天下,或以孝治天下[6]。现在呢,恐怕是入于以礼治天下的时期了,明乎此,就知道责备民众的对于纪念日的淡漠是错的,《礼》曰:"礼不下庶人"[7];舍不得物质上的什么东西也是错的,孔子不云乎:"赐也尔爱其羊,我爱其礼!"[8]

"非礼勿视,非礼勿听,非礼勿言,非礼勿动"[9],静静的等着别人的"多行不义,必自毙"[10],礼也。

九月二十日。

* * *

〔1〕 本篇最初发表于1933年9月22日《申报·自由谈》。

〔2〕 邓文(1893—1933) 辽宁梨树(今属吉林)人。曾任东北军马占山部骑兵旅长,九一八事变后积极抗战。1932年任抗日救国军第一军军长,参加热河保卫战,1933年5月任抗日同盟军第五路军总指挥、左路军副总指挥。同年7月31日在张家口被国民党特务暗杀。1933年9月20日报纸曾载"京各界昨日追悼邓文"的消息。京,指南京。

〔3〕 三部关于礼的书,指《周礼》、《仪礼》、《礼记》。《仪礼》有英国斯蒂尔(J. Steel)的英译本,1917年伦敦出版。

〔4〕 "新鬼大,故鬼小" 语出《左传》文公二年:春秋时鲁闵公死后,由他的异母兄僖公继立;僖公死,他的儿子文公继立,依照世序,在宗庙里的位次,应该是闵先僖后;但文公二年八月祭太庙时,将他的

父亲僖公置于闵公之前,说是"新鬼大,故鬼小"。意思是说死去不久的僖公是哥哥,死时年纪又大;而死了多年的闵公是弟弟,死时年纪又小,所以要"先大后小"。

〔5〕 "礼让为国" 语出《论语·里仁》:"子曰:'能以礼让为国乎,何有?不能以礼让为国,如礼何?'"

〔6〕 以黄老治天下 指以导源于道家而大成于法家的刑名法术治理国家。黄老,指道家奉为宗祖的黄帝和老子。以孝治天下,指用儒家的"君君,臣臣,父父,子子"的伦理思想治理国家。

〔7〕 "礼不下庶人" 语出《礼记·曲礼》:"礼不下庶人,刑不上大夫"。

〔8〕 "赐也尔爱其羊,我爱其礼!" 语出《论语·八佾》:"子贡欲去告朔之饩羊。子曰:'赐也,尔爱其羊,我爱其礼!'"据宋代朱熹注:饩羊,即活羊。诸侯每月朔日(初一)告庙听政,叫做告朔。子贡(端木赐)因见当时鲁国的国君已废去告朔之礼,想把为行礼而准备的羊也一并去掉;但孔子以为有羊还可以保留一点礼的形式,所以这样说。

〔9〕 "非礼勿视,非礼勿听,非礼勿言,非礼勿动" 孔子的话,语出《论语·颜渊》。

〔10〕 "多行不义,必自毙" 语出《左传》隐公元年,原语为春秋时郑庄公说他弟弟共叔段的话。

打听印象[1]

桃　椎

五四运动以后,好像中国人就发生了一种新脾气,是:倘有外国的名人或阔人新到,就喜欢打听他对于中国的印象。

罗素[2]到中国讲学,急进的青年们开会欢宴,打听印象。罗素道:"你们待我这么好,就是要说坏话,也不好说了。"急进的青年愤愤然,以为他滑头。

萧伯纳周游过中国,上海的记者群集访问,又打听印象。萧道:"我有什么意见,与你们都不相干。假如我是个武人,杀死个十万条人命,你们才会尊重我的意见。"[3]革命家和非革命家都愤愤然,以为他刻薄。

这回是瑞典的卡尔亲王[4]到上海了,记者先生也发表了他的印象:"……足迹所经,均蒙当地官民殷勤招待,感激之余,异常愉快。今次游览观感所得,对于贵国政府及国民,有极度良好之印象,而永远不能磨灭者也。"这最稳妥,我想,是不至于招出什么是非来的。

其实是,罗萧两位,也还不算滑头和刻薄的,假如有这么一个外国人,遇见有人问他印象时,他先反问道:"你先生对于自己中国的印象怎么样?"那可真是一篇难以下笔的文章。

我们是生长在中国的,倘有所感,自然不能算"印象";但意见也好;而意见又怎么说呢?说我们像浑水里的鱼,活得胡里胡涂,莫名其妙罢,不像意见。说中国好得很罢,恐怕也难。这就是爱国者所悲痛的所谓"失掉了国民的自信",然而实在也好像失掉了,向各人打听印象,就恰如求签问卜,自己心里先自狐疑着了的缘故。

我们里面,发表意见的固然也有的,但常见的是无拳无勇,未曾"杀死十万条人命",倒是自称"小百姓"的人,所以那意见也无人"尊重",也就是和大家"不相干"。至于有位有势的大人物,则在野时候,也许是很急进的罢,但现在呢,一声不响,中国"待我这么好,就是要说坏话,也不好说了"。看当时欢宴罗素,而愤愤于他那答话的由新潮社[5]而发迹的诸公的现在,实在令人觉得罗素并非滑头,倒是一个先知的讽刺家,将十年后的心思豫先说去了。

这是我的印象,也算一篇拟答案,是从外国人的嘴上抄来的。[6]

九月二十日。

* * * *

〔1〕 本篇最初发表于1933年9月24日《申报·自由谈》。

〔2〕 罗素(B. Russell,1872—1970) 英国哲学家。1920年10月来中国,曾在北京大学讲学。

〔3〕 萧伯纳的话,见《论语》半月刊第十二期(1933年3月1日)载镜涵的《萧伯纳过沪谈话记》:"问我这句话有什么用——到处人家问我对于中国的印象,对于寺塔的印象。老实说——我有什么意见与你

们都不相干——你们不会听我的指挥。假如我是个武人,杀死个十万条人命,你们才会尊重我的意见。"

〔4〕 卡尔亲王(Carl Gustav Oskar Fredrik Christian) 当时瑞典国王古斯塔夫五世的侄子,1933年周游世界,8月来中国。下引他对记者的谈话,见1933年9月20日《申报》所载《瑞典亲王访问记》。

〔5〕 新潮社 北京大学部分学生和教员组织的文学社团。1918年底成立,主要成员有傅斯年、罗家伦、杨振声、周作人等。提倡"批评的精神"、"科学的主义"和"革新的文字"。曾出版《新潮》月刊(1919年1月创刊)和《新潮丛书》。后来由于主要成员的变化,该社逐渐趋向右倾,无形解体;傅斯年、罗家伦等成为国民党政府在教育文化方面的骨干人物。

〔6〕 1933年7月1日《文艺座谈》杂志刊载白羽遐的《内山书店小坐记》,说鲁迅的一些杂文的内容都是从日本人内山完造的谈话中"抄去在《自由谈》发表"的。(参看《伪自由书·后记》)此处顺笔反刺。

131

吃　教[1]

丰之余

达一[2]先生在《文统之梦》里,因刘勰[3]自谓梦随孔子,乃始论文,而后来做了和尚,遂讥其"贻羞往圣"。其实是中国自南北朝以来,凡有文人学士,道士和尚,大抵以"无特操"为特色的。晋以来的名流,每一个人总有三种小玩意,一是《论语》和《孝经》[4],二是《老子》[5],三是《维摩诘经》[6],不但采作谈资,并且常常做一点注解。唐有三教辩论[7],后来变成大家打诨;所谓名儒,做几篇伽蓝碑文也不算什么大事。宋儒道貌岸然,而窃取禅师的语录。清呢,去今不远,我们还可以知道儒者的相信《太上感应篇》和《文昌帝君阴骘文》[8],并且会请和尚到家里来拜忏。

耶稣教传入中国,教徒自以为信教,而教外的小百姓却都叫他们是"吃教"的。这两个字,真是提出了教徒的"精神",也可以包括大多数的儒释道教之流的信者,也可以移用于许多"吃革命饭"的老英雄。

清朝人称八股文为"敲门砖",因为得到功名,就如打开了门,砖即无用。近年则有杂志上的所谓"主张"[9]。《现代评论》[10]之出盘,不是为了迫压,倒因为这派作者的飞腾;《新月》[11]的冷落,是老社员都"爬"了上去,和月亮距离远起来了。这种东西,我们为要和"敲门砖"区别,称之为"上天梯"罢。

"教"之在中国,何尝不如此。讲革命,彼一时也;讲忠孝,又一时也;跟大拉嘛打圈子,又一时也;造塔藏主义,又一时也。[12]有宜于专吃的时代,则指归应定于一尊,有宜合吃的时代,则诸教亦本非异致,不过一碟是全鸭,一碟是杂拌儿而已。刘勰亦然,盖仅由"不撤姜食"[13]一变而为吃斋,于胃脏里的分量原无差别,何况以和尚而注《论语》《孝经》或《老子》,也还是不失为一种"天经地义"呢?

九月二十七日。

※　　※　　※

〔1〕 本篇最初发表于1933年9月29日《申报·自由谈》。

〔2〕 达一 即陈子展(1898—1990),湖南长沙人,古典文学研究家。《文统之梦》一文,载于1933年9月27日《申报·自由谈》,其中说:"文统之梦,盖南北朝文人恒有之。刘勰作《文心雕龙》,其序略云:予齿在逾立,尝夜梦执丹漆之礼器,随仲尼而南行,寤而喜曰,大哉圣人之难见也,迺小子之垂梦欤?敷赞圣旨,莫若注经,而马郑诸儒,弘之已精,就有深解,未足立家。唯文章之用,实经典枝条,五礼资之以成,六典因之致用。于是搦笔和墨,乃始论文。可知刘勰梦见孔子,隐然以文统自肩,而以道统让之经生腐儒。微惜其攻乎异端,皈依佛氏,正与今之妄以道统自肩者同病,贻羞往圣而不自知也。"

〔3〕 刘勰(约465—约532) 字彦和,南朝梁南东莞(今江苏镇江)人,文艺理论家。梁武帝时曾任东宫通事舍人,晚年出家为僧。

〔4〕 《论语》 儒家经典,孔子弟子记录孔子言行的书。《孝

经》，儒家经典，记载孔子与其弟子曾参关于"孝道"问答的书。

〔5〕《老子》 又名《道德经》，道家经典，相传为春秋时老子所作。

〔6〕《维摩诘经》 全称《维摩诘所说经》，佛教经典，维摩诘是经中所写的大乘居士，相传是与释迦牟尼同时代的人。

〔7〕三教辩论 始见于北周，盛于唐代。唐德宗每年生日，在麟德殿举行儒、释、道三教的辩论，形式很典重，但三方都以常识性的琐碎问题应付场面，并无实际上的问难，相反却强调三教"同源"，并往往杂以谐谑。唐懿宗时，还有俳优在皇帝面前以"三教辩论"作为逗笑取乐的资料（见《太平广记》卷二五二引《唐阙史·俳优人》）。

〔8〕《太上感应篇》《道藏·太清部》著录三十卷，题"宋李昌龄传"。清代经学家惠栋曾为它作注。《文昌帝君阴骘文》，相传为晋代张亚子所作。《明史·礼志（四）》说张亚子死后成为掌管人间禄籍的神道，称文昌帝君。二者都是宣传道家因果报应迷信思想的书。

〔9〕杂志上的所谓"主张" 指胡适1922年5月在《努力周报》上提出的"好政府"主张，即由几个"好人"、"社会上的优秀分子""加入政治运动"，组成"好政府"，中国就可得救。1930年前后，胡适、罗隆基、梁实秋等又在《新月》月刊上重提这个主张。

〔10〕《现代评论》 综合性周刊，胡适、陈西滢、王世杰、徐志摩等留学英美的知识分子主办的同人杂志。1924年12月创刊于北京，1927年7月移至上海出版，1928年12月停刊。现代评论派主要成员后来多在教育界或政界充任要职。

〔11〕《新月》 新月社主办的以文艺为主的综合性月刊，1928年3月创刊于上海，1933年6月停刊。曾因刊发谈人权、约法文章、批评国民党独裁而遭国民党当局扣留。他们继而研读"国民党的经典"，著

文引据"党义"以辨明心迹,终于得到蒋介石的赏识。

〔12〕 这里是对戴季陶等国民党政要的言行的讽刺。戴季陶在大革命时期高谈"革命",后来又鼓吹忠孝等封建道德。关于他"跟大拉嘛打圈子"及"造塔藏主义",参看本书第 102 页注〔5〕。

〔13〕 不撤姜食　语出《论语·乡党》,是孔子的饮食习惯。据朱熹注:"姜,通神明,去秽恶,故不撤。"

喝　　茶[1]

丰之余

某公司又在廉价了,去买了二两好茶叶,每两洋二角。开首泡了一壶,怕它冷得快,用棉袄包起来,却不料郑重其事的来喝的时候,味道竟和我一向喝着的粗茶差不多,颜色也很重浊。

我知道这是自己错误了,喝好茶,是要用盖碗的,于是用盖碗。果然,泡了之后,色清而味甘,微香而小苦,确是好茶叶。但这是须在静坐无为的时候的,当我正写着《吃教》的中途,拉来一喝,那好味道竟又不知不觉的滑过去,像喝着粗茶一样了。

有好茶喝,会喝好茶,是一种"清福"。不过要享这"清福",首先就须有工夫,其次是练习出来的特别的感觉。由这一极琐屑的经验,我想,假使是一个使用筋力的工人,在喉干欲裂的时候,那么,即使给他龙井芽茶,珠兰窨片,恐怕他喝起来也未必觉得和热水有什么大区别罢。所谓"秋思",其实也是这样的,骚人墨客,会觉得什么"悲哉秋之为气也"[2],风雨阴晴,都给他一种刺戟,一方面也就是一种"清福",但在老农,却只知道每年的此际,就要割稻而已。

于是有人以为这种细腻锐敏的感觉,当然不属于粗人,这是上等人的牌号。然而我恐怕也正是这牌号就要倒闭的先声。我们有痛觉,一方面是使我们受苦的,而一方面也使我们能够自卫。假如没有,则即使背上被人刺了一尖刀,也将茫无知觉,直到血尽倒地,自己还不明白为什么倒地。但这痛觉如果细腻锐敏起来呢,则不但衣服上有一根小刺就觉得,连衣服上的接缝,线结,布毛都要觉得,倘不穿"无缝天衣",他便要终日如芒刺在身,活不下去了。但假装锐敏的,自然不在此例。

感觉的细腻和锐敏,较之麻木,那当然算是进步的,然而以有助于生命的进化为限。如果不相干,甚而至于有碍,那就是进化中的病态,不久就要收梢。我们试将享清福,抱秋心的雅人,和破衣粗食的粗人一比较,就明白究竟是谁活得下去。喝过茶,望着秋天,我于是想:不识好茶,没有秋思,倒也罢了。

九月三十日。

* * *

〔1〕 本篇最初发表于1933年10月2日《申报·自由谈》。

〔2〕 "悲哉秋之为气也" 语出战国时楚国诗人宋玉《九辩》。

禁用和自造[1]

孺　牛

据报上说，因为铅笔和墨水笔进口之多，有些地方已在禁用，改用毛笔了。[2]

我们且不说飞机大炮，美棉美麦，都非国货之类的迂谈，单来说纸笔。

我们也不说写大字，画国画的名人，单来说真实的办事者。在这类人，毛笔却是很不便当的。砚和墨可以不带，改用墨汁罢，墨汁也何尝有国货。而且据我的经验，墨汁也并非可以常用的东西，写过几千字，毛笔便被胶得不能施展。倘若安砚磨墨，展纸舔笔，则即以学生的抄讲义而论，速度恐怕总要比用墨水笔减少三分之一，他只好不抄，或者要教员讲得慢，也就是大家的时间，被白费了三分之一了。

所谓"便当"，并不是偷懒，是说在同一时间内，可以由此做成较多的事情。这就是节省时间，也就是使一个人的有限的生命，更加有效，而也即等于延长了人的生命。古人说，"非人磨墨墨磨人"[3]，就在悲愤人生之消磨于纸墨中，而墨水笔之制成，是正可以弥这缺憾的。

但它的存在，却必须在宝贵时间，宝贵生命的地方。中国不然，这当然不会是国货。进出口货，中国是有了帐簿的了，人民的数目却还没有一本帐簿。一个人的生养教育,父母化去的是多少物力和气力呢,而青年男女,每每不知所终,谁也不加注意。区区时间,当然更不成什么问题了,能活着弄弄毛笔的,或者倒是幸福也难说。

和我们中国一样,一向用毛笔的,还有一个日本。然而在日本,毛笔几乎绝迹了,代用的是铅笔和墨水笔,连用这些笔的习字帖也很多。为什么呢?就因为这便当,省时间。然而他们不怕"漏卮"〔4〕么?不,他们自己来制造,而且还要运到中国来。

优良而非国货的时候,中国禁用,日本仿造,这是两国截然不同的地方。

九月三十日。

* * *

〔1〕 本篇最初发表于1933年10月1日《申报·自由谈》。

〔2〕 禁用进口笔,改用毛笔的报道,见1933年9月22日《大晚报》载路透社广州电:广东、广西省当局为"挽回利权",禁止学生使用自来水笔、铅笔等进口文具,改用毛笔。

〔3〕 "非人磨墨墨磨人" 语出宋代苏轼诗《次韵答舒教授观余所藏墨》:"此墨足支三十年,但恐风霜侵发齿。非人磨墨墨磨人,瓶应未罄罍先耻。"

〔4〕 "漏卮" 卮是圆形的酒器,汉代桓宽《盐铁论·本议》有"川源不能实漏卮"的话;后人常用"漏卮"以比喻利权外泄。

看变戏法[1]

游 光

我爱看"变戏法"。

他们是走江湖的,所以各处的戏法都一样。为了敛钱,一定有两种必要的东西:一只黑熊,一个小孩子。

黑熊饿得真瘦,几乎连动弹的力气也快没有了。自然,这是不能使它强壮的,因为一强壮,就不能驾驭。现在是半死不活,却还要用铁圈穿了鼻子,再用索子牵着做戏。有时给吃一点东西,是一小块水泡的馒头皮,但还将勺子擎得高高的,要它站起来,伸头张嘴,许多工夫才得落肚,而变戏法的则因此集了一些钱。

这熊的来源,中国没有人提到过。据西洋人的调查,说是从小时候,由山里捉来的;大的不能用,因为一大,就总改不了野性。但虽是小的,也还须"训练","这"训练"的方法,是"打"和"饿";而后来,则是因虐待而死亡。我以为这话是的确的,我们看它还在活着做戏的时候,就瘦得连熊气息也没有了,有些地方,竟称之为"狗熊",其被蔑视至于如此。

孩子在场面上也要吃苦,或者大人踏在他肚子上,或者将他的两手扭过来,他就显出很苦楚,很为难,很吃重的相貌,要看客解救。六个,五个,再四个,三个……而变戏法的就又集了一些钱。

他自然也曾经训练过,这苦痛是装出来的,和大人串通的勾当,不过也无碍于赚钱。

下午敲锣开场,这样的做到夜,收场,看客走散,有化了钱的,有终于不化钱的。

每当收场,我一面走,一面想:两种生财家伙,一种是要被虐待至死的,再寻幼小的来;一种是大了之后,另寻一个小孩子和一只小熊,仍旧来变照样的戏法。

事情真是简单得很,想一下,就好像令人索然无味。然而我还是常常看。此外叫我看什么呢,诸君?

十月一日。

* * *

〔1〕 本篇最初发表于1933年10月4日《申报·自由谈》。

双十怀古[1]

——民国二二年看十九年秋

史癖

小 引

要做"双十"[2]的循例的文章,首先必须找材料。找法有二,或从脑子里,或从书本中。我用的是后一法。但是,翻完《描写字典》,里面无之;觅遍《文章作法》,其中也没有。幸而"吉人自有天相",竟在破纸堆里寻出一卷东西来,是中华民国十九年十月三日到十日的上海各种大报小报的拔萃。去今已经整整的三个年头了,剪贴着做什么用的呢,自己已经记不清;莫非就给我今天做材料的么,一定未必是。但是,"废物利用"——既经检出,就抄些目录在这里罢。不过为节省篇幅计,不再注明广告,记事,电报之分,也略去了报纸的名目,因为那些文字,大抵是各报都有的。

看了什么用呢?倒也说不出。倘若一定要我说,那就说是譬如看自己三年前的照相罢。

十月三日

江湾赛马。

中国红十字会筹募湖南辽西各省急振。

中央军克陈留。

辽宁方面筹组副司令部。

礼县土匪屠城。

六岁女孩受孕。

辛博森伤势沉重。

汪精卫到太原。

卢兴邦接洽投诚。

加派师旅入赣剿共。

裁厘展至明年一月。

墨西哥拒侨胞,五十六名返国。

墨索里尼提倡艺术。

谭延闿轶事。

战士社代社员征婚。

十月四日

齐天大舞台始创杰构积极改进《西游记》,准中秋节开幕。

前进的,民族主义的,唯一的,文艺刊物《前锋月刊》创刊号准双十节出版。

空军将再炸邕。

剿匪声中一趣史。

十 月 五 日

蒋主席电国府请大赦政治犯。

程艳秋登台盛况。

卫乐园之保证金。

十 月 六 日

樊迪文讲演小记。

诸君阅至此,请虔颂南无阿弥陀佛……

大家错了,中秋是本月六日。

查封赵戴文财产问题。

鄂省党部祝贺克复许汴。

取缔民间妄用党国旗。

十 月 七 日

响应政府之廉洁运动。

津浦全线将通车。

平津党部行将恢复。

法轮殴毙栈伙交涉。

王士珍举殡记。

冯阎部下全解体。

湖北来凤苗放双穗。

冤魂为厉,未婚夫索命。

鬼击人背。

十月八日

闽省战事仍烈。
八路军封锁柳州交通。
安德思考古队自蒙古返北平。
国货时装展览。
哄动南洋之萧信庵案。
学校当注重国文论。
追记郑州飞机劫。
谭宅挽联择尤录。
汪精卫突然失踪。

十月九日

西北军已解体。
外部发表英退庚款换文。
京卫戍部枪决人犯。
辛博森渐有起色。
国货时装展览。
上海空前未有之跳舞游艺大会。

十月十日

举国欢腾庆祝双十。
叛逆削平,全国欢祝国庆,蒋主席昨凯旋参与盛典。

津浦路暂仍分段通车。

首都枪决共犯九名。

林埭被匪洗劫。

老陈圩匪祸惨酷。

海盗骚扰丰利。

程艳秋庆祝国庆。

蒋丽霞不忘双十。

南昌市取缔赤足。

伤兵怒斥孙祖基。

今年之双十节,可欣可贺,尤甚从前。

结　　语

我也说"今年之双十节,可欣可贺,尤甚从前"罢。

十月一日。

附记:这一篇没有能够刊出,大约是被谁抽去了的,盖双十盛典,"伤今"固难,"怀古"也不易了。

十月十三日。

*　　*　　*

〔1〕 本篇收入本书前未能在报刊发表。

〔2〕 "双十" 即双十节。1911年10月10日武昌起义后,建立中华民国,1912年9月28日临时参议院决定以10月10日为国庆节。国民党于1927年4月18日在南京成立的国民政府仍以"双十"为国庆节。

重 三 感 旧[1]

——一九三三年忆光绪朝末

丰 之 余

我想赞美几句一些过去的人,这恐怕并不是"骸骨的迷恋"[2]。

所谓过去的人,是指光绪末年的所谓"新党"[3],民国初年,就叫他们"老新党"。甲午战败[4],他们自以为觉悟了,于是要"维新",便是三四十岁的中年人,也看《学算笔谈》[5],看《化学鉴原》[6];还要学英文,学日文,硬着舌头,怪声怪气的朗诵着,对人毫无愧色,那目的是要看"洋书",看洋书的缘故是要给中国图"富强",现在的旧书摊上,还偶有"富强丛书"[7]出现,就如目下的"描写字典""基本英语"一样,正是那时应运而生的东西。连八股出身的张之洞[8],他托缪荃孙代做的《书目答问》也竭力添进各种译本去,可见这"维新"风潮之烈了。

然而现在是别一种现象了。有些新青年,境遇正和"老新党"相反,八股毒是丝毫没有染过的,出身又是学校,也并非国学的专家,但是,学起篆字来了,填起词来了,劝人看《庄子》《文选》[9]了,信封也有自刻的印板了,新诗也写成方块了,除掉做新诗的嗜好之外,简直就如光绪初年的雅人一样,所不同者,缺少辫子和有时穿穿洋服而已。

近来有一句常谈,是"旧瓶不能装新酒"[10]。这其实是不确的。旧瓶可以装新酒,新瓶也可以装旧酒,倘若不信,将一瓶五加皮和一瓶白兰地互换起来试试看,五加皮装在白兰地瓶子里,也还是五加皮。这一种简单的试验,不但明示着"五更调""攒十字"[11]的格调,也可以放进新的内容去,且又证实了新式青年的躯壳里,大可以埋伏下"桐城谬种"或"选学妖孽"[12]的喽罗。

"老新党"们的见识虽然浅陋,但是有一个目的:图富强。所以他们坚决,切实;学洋话虽然怪声怪气,但是有一个目的:求富强之术。所以他们认真,热心。待到排满学说播布开来,许多人就成为革命党了,还是因为要给中国图富强,而以为此事必自排满始。

排满久已成功,五四早经过去,于是篆字,词,《庄子》,《文选》,古式信封,方块新诗,现在是我们又有了新的企图,要以"古雅"立足于天地之间了。假使真能立足,那倒是给"生存竞争"添一条新例的。

十月一日。

* * *

〔1〕 本篇最初发表于1933年10月6日《申报·自由谈》时,题为《感旧》,无副题。

〔2〕 "骸骨的迷恋" 1921年11月11日斯提(叶圣陶)在《时事

新报·文学旬刊》第十九号发表过一篇《骸骨之迷恋》,批评当时一些提倡白话文学的人有时还做文言文和旧诗词的现象,以后这句话便常被引用为形容守旧者不能忘情过去的贬辞。

〔3〕 "新党" 清末戊戌变法前后主张或倾向维新的人被称为新党;辛亥革命前后,由于出现主张彻底推翻清王朝的革命党人,因而前者被称为老新党。

〔4〕 甲午战败 1894年(甲午)日本侵略朝鲜并对中国进行挑衅,发生中日战争。中国军队虽曾英勇作战,但因清廷的动摇妥协而终告失败,次年同日本订立了丧权辱国的《马关条约》。

〔5〕 《学算笔谈》 十二卷,华蘅芳著,1882年(光绪八年)收入他的算学丛书《行素轩算稿》中,1885年刻印单行本。

〔6〕 《化学鉴原》 六卷,英国韦而司撰,英国傅兰雅口译,无锡徐寿笔述。1871年江南制造局翻译馆出版。

〔7〕 "富强丛书" 在清末洋务运动中,曾出现过"富强丛书"一类读物。如1896年(清光绪二十二年)由张荫桓编辑,鸿文书局石印的《西学富强丛书》,分算学、电学、化学、天文学等十二类,收书约七十种。

〔8〕 张之洞(1837—1909) 字孝达,直隶南皮(今属河北)人,清朝大臣。同治年间进士,曾任四川学政、湖广总督、军机大臣。清末提倡洋务运动的官僚之一。《书目答问》是他在1875年(光绪元年)任四川学政时所编(一说为缪荃孙代笔)。书中列有《新法算书》、《新译几何原本》等"西法"数学书多种。缪荃孙(1844—1919),字筱珊,江苏江阴人,清代藏书家、版本学家。

〔9〕 《庄子》 战国时庄子著,现存三十三篇,亦名《南华经》。《文选》,南朝梁昭明太子萧统编,内选秦汉至齐梁间的诗文,共三十卷,是我国现存最早的一部诗文总集。唐代李善为之作注,分为六十卷。

〔10〕"旧瓶不能装新酒" 这原是欧洲流行的一句谚语,最初出自基督教《新约全书·马太福音》第九章,耶稣说:"没有人把新酒装在旧皮袋里;若是这样,皮袋就裂开,酒漏出来,连皮袋也坏了。惟独把新酒装在新皮袋里,两样就都保全了。""五四"新文学运动兴起以后,提倡白话文学的人,认为文言和旧形式不能表现新的内容,常引用这话作为譬喻。

〔11〕"五更调" 亦称"叹五更",民间曲调名。一般五叠,每叠十句四十八字,唐敦煌曲子中已见。"攒十字",民间曲调名,每句十字,大体按三三四排列。

〔12〕"桐城谬种""选学妖孽" 原为"五四"新文学运动初期钱玄同攻击当时摹仿桐城派古文或《文选》所选骈体文的旧派文人的话,见《新青年》第三卷第五号(1917年7月)刊载的致陈独秀信中,当时曾经成为反对旧文学的流行用语。桐城派是清代古文流派之一,主要作家有方苞、刘大櫆、姚鼐等,都是安徽桐城人,所以称他们和各地赞同他们文学主张的人为桐城派。

"感旧"以后(上)[1]

丰之余

又不小心,感了一下子旧,就引出了一篇施蛰存[2]先生的《〈庄子〉与〈文选〉》来,以为我那些话,是为他而发的,但又希望并不是为他而发的。

我愿意有几句声明:那篇《感旧》,是并非为施先生而作的,然而可以有施先生在里面。

倘使专对个人而发的话,照现在的摩登文例,应该调查了对手的籍贯,出身,相貌,甚而至于他家乡有什么出产,他老子开过什么铺子,影射他几句才算合式。我的那一篇里可是毫没有这些的。内中所指,是一大队遗少群的风气,并不指定着谁和谁;但也因为所指的是一群,所以被触着的当然也不会少,即使不是整个,也是那里的一肢一节,即使并不永远属于那一队,但有时是属于那一队的。现在施先生自说了劝过青年去读《庄子》与《文选》,"为文学修养之助",就自然和我所指摘的有点相关,但以为这文为他而作,却诚然是"神经过敏",我实在并没有这意思。

不过这是在施先生没有说明他的意见之前的话,现在却连这"相关"也有些疏远了,因为我所指摘的,倒是比较顽固的遗少群,标准还要高一点。

现在看了施先生自己的解释,(一)才知道他当时的情形,是因为稿纸太小了,"倘再宽阔一点的话",他"是想多写几部书进去的";(二)才知道他先前的履历,是"从国文教员转到编杂志",觉得"青年人的文章太拙直,字汇太少"了,所以推举了这两部古书,使他们去学文法,寻字汇,"虽然其中有许多字是已死了的",然而也只好去寻觅。我想,假如庄子生在今日,则被劈棺之后[3],恐怕要劝一切有志于结婚的女子,都去看《烈女传》[4]的罢。

还有一点另外的话——

(一)施先生说我用瓶和酒来比"文学修养"是不对的,但我并未这么比方过,我是说有些新青年可以有旧思想,有些旧形式也可以藏新内容。我也以为"新文学"和"旧文学"这中间不能有截然的分界,然而有蜕变,有比较的偏向,而且正因为不能以"何者为分界",所以也没有了"第三种人"[5]的立场。

(二)施先生说写篆字等类,都是个人的事情,只要不去勉强别人也做一样的事情就好,这似乎是很对的。然而中学生和投稿者,是他们自己个人的文章太拙直,字汇太少,却并没有勉强别人都去做字汇少而文法拙直的文章,施先生为什么竟大有所感,因此来劝"有志于文学的青年"该看《庄子》与《文选》了呢?做了考官,以词取士,施先生是不以为然的,但一做教员和编辑,却以《庄子》与《文选》劝青年,我真不懂这中间有怎样的分界。

(三)施先生还举出一个"鲁迅先生"来,好像他承接了庄子的新道统,一切文章,都是读《庄子》与《文选》读出来的一般。"我以为这也有点武断"的。他的文章中,诚然有许多字为《庄子》与《文选》中所有,例如"之乎者也"之类,但这些字眼,想来别的书上也不见得没有罢。再说得露骨一点,则从这样的书里去找活字汇,简直是胡涂虫,恐怕施先生自己也未必。

十月十二日。

【备考】:

《庄子》与《文选》　　　施蛰存

上个月《大晚报》的编辑寄了一张印着表格的邮片来,要我填注两项:(一)目下在读什么书,(二)要介绍给青年的书。

在第二项中,我写着:《庄子》,《文选》,并且附加了一句注脚:"为青年文学修养之助"。

今天看见《自由谈》上丰之余先生的《感旧》一文,不觉有点神经过敏起来,以为丰先生这篇文章是为我而作的了。

但是现在我并不想对于丰先生有什么辩难,我只想趁此机会替自己作一个解释。

第一,我应当说明我为什么希望青年人读《庄子》和《文选》。近数年来,我的生活,从国文教师转到编杂志,与青年人的文章接触的机会实在太多了。我总感觉到这些青年人的文章太拙直,字汇太少,所以在《大晚报》编辑寄来的狭狭的行格里推荐了这两部书。我以为从这两部书中可以参悟一点做文章的方法,同时也可以扩大一点字汇(虽然其中有许多字是已死了的)。但是我当然并不希望青年人都去做《庄子》,《文选》一类的"古文"。

第二,我应当说明我只是希望有志于文学的青年能够读一读这两部书。我以为每一个文学者必须要有所借助于他上代的文学,我不懂得"新文学"和"旧文学"这中间究竟是以何者为分界的。在文学上,我以为"旧瓶装新酒"与"新瓶装旧酒"这譬喻是不对的。倘若我们把一个人的文学修养比之为酒,那么我们可以这样说:酒瓶的新旧没有关系,但这酒必须是酿造出来的。

我劝文学青年读《庄子》与《文选》,目的在要他们"酿造",倘若《大晚报》编辑寄来的表格再宽阔一点的话,我是想再多写几部书进去的。

这里,我们不妨举鲁迅先生来说,像鲁迅先生那样的新文学家,似乎可以算是十足的新瓶了。但是他的酒呢?纯粹的白兰地吗?我就不能相信。没有经过古文学的修养,鲁迅先生的新文章决不会写到现在那样好。所以,我敢说:在鲁迅先生那样的瓶子里,也免不了有许多五加皮或绍兴老酒的成分。

至于丰之余先生以为写篆字,填词,用自刻印板的信封,都是不出身于学校,或国学专家们的事情,我以为这也有点武断。这些其实只是个人的事情,如果写篆字的人,不以篆字写信,如果填词的人做了官不以词取士,如果用自刻印板信封的人不勉强别人也去刻一个专用信封,那也无须丰先生口诛笔伐地去认为"谬种"和"妖孽"了。

新文学家中,也有玩木刻,考究版本,收罗藏书票,以骈体文为白话书信作序,甚至写字台上陈列了小摆设的,照丰先生的意见说来,难道他们是"要以'今雅'立足于天地之间"吗?我想他们也未必有此企图。

临了,我希望丰先生那篇文章并不是为我而作的。

十月八日,《自由谈》。

* * *

〔1〕 本篇最初发表于1933年10月15日《申报·自由谈》。

〔2〕 施蛰存(1905—2003) 浙江杭州人,作家。1932年至1934年曾主编《现代》杂志。

〔3〕 庄子死后被劈棺的故事,见明代冯梦龙辑《警世通言》第二卷《庄子休鼓盆成大道》,大意说:庄子死后不久,他的妻子田氏便再嫁楚国王孙;成婚时,王孙突然心痛,他的仆人说要吃人的脑髓才会好,于是田氏便拿斧头去劈棺,想取庄子的脑髓;不料棺盖刚劈开,庄子便从棺内叹一口气坐了起来。

〔4〕 《烈女传》 汉代刘向著有《列女传》,内分"贞顺"、"节义"等七类。这里可能即指此书。

〔5〕 "第三种人" 1931年至1933年,在左翼文艺界批评"民族

主义文学"时,胡秋原、苏汶(杜衡)自称"自由人"、"第三种人",宣传"文艺自由"论,指责左翼文艺运动"霸占"文坛,阻碍创作的"自由"。参看《南腔北调集·论"第三种人"》和同书《又论"第三种人"》。

"感旧"以后(下)[1]

丰之余

还要写一点。但得声明在先,这是由施蛰存先生的话所引起,却并非为他而作的。对于个人,我原稿上常是举出名字来,然而一到印出,却往往化为"某"字,或是一切阔人姓名,危险字样,生殖机关的俗语的共同符号"××"了。我希望这一篇中的有几个字,没有这样变化,以免误解。

我现在要说的是:说话难,不说亦不易。弄笔的人们,总要写文章,一写文章,就难免惹灾祸,黄河的水向薄弱的堤上攻,于是露臂膊的女人和写错字的青年,就成了嘲笑的对象了,他们也真是无拳无勇,只好忍受,恰如乡下人到上海租界,除了拚出被称为"阿木林"之外,没有办法一样。

然而有些是冤枉的,随手举一个例,就是登在《论语》二十六期上的刘半农[2]先生"自注自批"的《桐花芝豆堂诗集》这打油诗。北京大学招考,他是阅卷官,从国文卷子上发见一个可笑的错字,就来做诗,那些人被挖苦得真是要钻地洞,那些刚毕业的中学生。自然,他是教授,凡所指摘,都不至于不对的,不过我以为有些却还可有磋商的余地。集中有一个"自注"道——

"有写'倡明文化'者,余曰:倡即'娼'字,凡文化发达之处,娼妓必多,谓文化由娼妓而明,亦言之成理也。"

娼妓的娼,我们现在是不写作"倡"的,但先前两字通用,大约刘先生引据的是古书。不过要引古书,我记得《诗经》里有一句"倡予和女"[3],好像至今还没有人解作"自己也做了婊子来应和别人"的意思。所以那一个错字,错而已矣,可笑可鄙却不属于它的。还有一句是——

"幸'萌科学思想之芽'。"

"萌"字和"芽"字旁边都加着一个夹圈,大约是指明着可笑之处在这里的罢,但我以为"萌芽","萌蘖",固然是一个名词,而"萌动","萌发",就成了动词,将"萌"字作动词用,似乎也并无错误。

五四运动时候,提倡(刘先生或者会解作"提起婊子"来的罢)白话的人们,写错几个字,用错几个古典,是不以为奇的,但因为有些反对者说提倡白话者都是不知古书,信口胡说的人,所以往往也做几句古文,以塞他们的嘴。但自然,因为从旧垒中来,积习太深,一时不能摆脱,因此带着古文气息的作者,也不能说是没有的。

当时的白话运动是胜利了,有些战士,还因此爬了上去,但也因为爬了上去,就不但不再为白话战斗,并且将它踏在脚下,拿出古字来嘲笑后进的青年了。因为还正在用古书古字来笑人,有些青年便又以看古书为必不可省的工夫,以常用文言的作者为应该模仿的格式,不再从新的道路上去企图发展,打出新的局面来了。

现在有两个人在这里:一个是中学生,文中写"留学生"

为"流学生",错了一个字;一个是大学教授,就得意洋洋的做了一首诗,曰:"先生犯了弥天罪,罚往西洋把学流,应是九流加一等,面筋熬尽一锅油。"〔4〕我们看罢,可笑是在那一面呢?

十月十二日。

※　　※　　※

〔1〕 本篇最初发表于1933年10月16日《申报·自由谈》。

〔2〕 刘半农(1891—1934) 名复,号半农,江苏江阴人,历任北京大学教授、北平大学女子文理学院院长等。他曾参加《新青年》编辑工作,是新文学运动初期重要作家之一。后留学法国,研究语音学,思想渐趋保守。著有《扬鞭集》、《瓦釜集》和《半农杂文》等。他的《桐花芝豆堂诗集》在《论语》半月刊上连续发表,下文所引诗及注,都出自集中的《阅卷杂诗》六首(载1933年10月1日《论语》第二十六期)。"有写'倡明文化'者……",系《杂诗》第一首的"自注";"幸'萌科学思想之芽'",系《杂诗》第六首中的一句;"先生犯了弥天罪……"系《杂诗》的第二首。

〔3〕 "倡予和女" 语出《诗经·郑风·萚兮》:"叔兮伯兮,倡予和女。"女同汝。

〔4〕 "先生犯了弥天罪"四句,据刘半农在这首诗的"自注"中说:"古时候九流,最远不出国境,今流往外洋,是加一等治罪矣。昔吴稚老言:外国为大油锅,留学生为油面筋,谓其去时小而归来大也。据此,流学生不特流而已也,且入油锅地狱焉,阿要痛煞!"

黄　祸[1]

尤　刚

现在的所谓"黄祸",我们自己是在指黄河决口了,但三十年之前,并不如此。

那时是解作黄色人种将要席卷欧洲的意思的,有些英雄听到了这句话,恰如听得被白人恭维为"睡狮"一样,得意了好几年,准备着去做欧洲的主子。

不过"黄祸"这故事的来源,却又和我们所幻想的不同,是出于德皇威廉[2]的。他还画了一幅图,是一个罗马装束的武士,在抵御着由东方西来的一个人,但那人并不是孔子,倒是佛陀[3],中国人实在是空欢喜。所以我们一面在做"黄祸"的梦,而有一个人在德国治下的青岛[4]所见的现实,却是一个苦孩子弄脏了电柱,就被白色巡捕提着脚,像中国人的对付鸭子一样,倒提而去了。

现在希特拉的排斥非日耳曼民族思想,方法是和德皇一样的。

德皇的所谓"黄祸",我们现在是不再梦想了,连"睡狮"也不再提起,"地大物博,人口众多",文章上也不很看见。倘是狮子,自夸怎样肥大是不妨事的,但如果是一口猪或一匹羊,肥大倒不是好兆头。我不知道我们自己觉得现在好像是什么了？

　　我们似乎不再想，也寻不出什么"象征"来，我们正在看海京伯[5]的猛兽戏，赏鉴狮虎吃牛肉，听说每天要吃一只牛。我们佩服国联[6]的制裁日本，我们也看不起国联的不能制裁日本；我们赞成军缩[7]的"保护和平"，我们也佩服希特拉的退出军缩；我们怕别国要以中国作战场，我们也憎恶非战大会。我们似乎依然是"睡狮"。

　　"黄祸"可以一转而为"福"，醒了的狮子也会做戏的。当欧洲大战时，我们有替人拚命的工人，青岛被占了，我们有可以倒提的孩子。

　　但倘说，二十世纪的舞台上没有我们的份，是不合理的。

　　　　　　　　　　　　　　　　十月十七日。

*　　　*　　　*

　　〔1〕　本篇最初发表于1933年10月20日《申报·自由谈》。

　　〔2〕　德皇威廉　指德皇威廉二世（Wilhelm Ⅱ，1859—1941）。在位期间，于1897年派舰队强占中国胶州湾，1900年又派兵参加八国联军侵略中国。他鼓吹"黄祸"论，并在1895年绘制了一幅题词为"欧洲各国人民，保卫你们最神圣的财富！"的画，画上以基督教《圣经》中所说的上帝的天使长、英勇善战的米迦勒（德国曾把他作为自己的保护神）象征西方；以浓烟卷成的巨龙、佛陀象征来自东方的威胁。按"黄祸"论兴起于十九世纪末，盛行于二十世纪初，它宣称中国、日本等东方黄种民族的国家是威胁欧洲的祸害，为西方帝国主义对东方的奴役、掠夺制造舆论。

　　〔3〕　佛陀　梵文Buddha的音译，简称佛，是佛教对"觉行圆满"

者的称呼。

〔4〕 **德国治下的青岛** 青岛于1897年被德帝国主义强占,第一次世界大战期间又为日本帝国主义占领,1922年由我国收回。

〔5〕 **海京伯**(C. Hagenbeck,1844—1913) 德国驯兽家,1887年创办海京伯马戏团。该团于1933年10月来我国上海演出。

〔6〕 **国联** "国际联盟"的简称。第一次世界大战后于1920年成立的国际政府间组织。它标榜以"促进国际合作、维持国际和平与安全"为宗旨,实际上是英、法等帝国主义国家控制并为其利益服务的工具。第二次世界大战爆发后无形瓦解,1946年4月正式宣告解散。九一八事变后,它袒护日本帝国主义对中国的侵略。1931年,国民党政府对日本侵略采取不抵抗政策,声称要期待国联的"公理判决"。1932年3月国联派调查团来中国,10月发表名为调解中日争端实则偏袒日本的《国联调查团报告书》,主张在东北建立以日本为主、国际共管的"满洲自治政府"。国民党政府竟称《报告书》"明白公允",表示佩服赞赏。但日本帝国主义为达到独占中国的目的,拒绝国联意见书,于1933年3月27日通告退出国联。国民党政府又对国联无力约束日本表示过不满。

〔7〕 **军缩** 指国际军缩(即裁军)会议,1932年2月起在日内瓦召开。当时中国一些报刊曾赞扬军缩会议,散布和平幻想。1933年10月希特勒宣布德国退出军缩会议,一些报刊又为希特勒扩军备战进行辩护,如同年10月17日《申报》载《德国退出军缩会议后的动向》一文说:德国此举乃"为准备自己,原无不当,且亦适合于日尔曼民族之传统习惯"。

冲[1]

旅　隼

"推"和"踢"只能死伤一两个,倘要多,就非"冲"不可。

十三日的新闻上载着贵阳通信[2]说,九一八纪念,各校学生集合游行,教育厅长谭星阁临事张皇,乃派兵分据街口,另以汽车多辆,向行列冲去,于是发生惨剧,死学生二人,伤四十余,其中以正谊小学学生为最多,年仅十龄上下耳。……

我先前只知道武将大抵通文,当"枕戈待旦"的时候,就会做骈体电报,这回才明白虽是文官,也有深谙韬略的了。田单曾经用过火牛[3],现在代以汽车,也确是二十世纪。

"冲"是最爽利的战法,一队汽车,横冲直撞,使敌人死伤在车轮下,多么简截;"冲"也是最威武的行为,机关一扳,风驰电掣,使对手想回避也来不及,多么英雄。各国的兵警,喜欢用水龙冲,俄皇[4]曾用哥萨克马队冲,都是快举。各地租界上我们有时会看见外国兵的坦克车在出巡,这就是倘不恭顺,便要来冲的家伙。

汽车虽然并非冲锋的利器,但幸而敌人却是小学生,一匹疲驴,真上战场是万万不行的,不过在嫩草地上飞跑,骑士坐在上面喑呜叱咤,却还很能胜任愉快,虽然有些人见了,难免觉得滑稽。

十龄上下的孩子会造反,本来也难免觉得滑稽的。但我们中国是常出神童的地方,一岁能画,两岁能诗,七龄童做戏,十龄童从军,十几龄童做委员,原是常有的事实;连七八岁的女孩也会被凌辱,从别人看来,是等于"年方花信"[5]的了。

况且"冲"的时候,倘使对面是能够有些抵抗的人,那就汽车会弄得不爽利,冲者也就不英雄,所以敌人总须选得嫩弱。流氓欺乡下老,洋人打中国人,教育厅长冲小学生,都是善于克敌的豪杰。

"身当其冲",先前好像不过一句空话,现在却应验了,这应验不但在成人,而且到了小孩子。"婴儿杀戮"[6]算是一种罪恶,已经是过去的事,将乳儿抛上空中去,接以枪尖,不过看作一种玩把戏的日子,恐怕也就不远了罢。

十月十七日。

※　※　※

〔1〕　本篇最初发表于1933年10月22日《申报·自由谈》。

〔2〕　贵阳通信　见1933年10月13日《申报》载国闻社重庆通讯。按当时国民党贵州省政府主席为王家烈,他和教育厅长谭星阁等都是这次惨案的主谋;事后他们严密检查邮电,消息在惨案发生后二十余日才由重庆传出。

〔3〕　田单曾经用过火牛　田单,战国时齐国人。据《史记·田单列传》,燕伐齐,破齐七十余城,齐军退守莒和即墨;后来田单在即墨用火牛大破燕军,尽复失地。

〔4〕　俄皇　指旧俄最末的一个沙皇尼古拉二世(Николай Ⅱ,

1868—1918)。1905年1月22日(俄国旧历一月九日)他曾令哥萨克马队在冬宫前冲击和屠杀请愿群众。

〔5〕 "年方花信" "花信"本为花开的信息之意,古有"二十四番花信"之说,见南朝梁宗懔《荆楚岁时记》、宋程大昌《演繁露》、宋王逵《蠡海集》等。"二十四番花信"指二十四种花的开花期,旧时借"花信"指女性正当青春成熟期。

〔6〕 "婴儿杀戮" 见基督教的《新约全书·马太福音》第二章,其中说:当犹太希律王的时候,耶稣生在犹太的伯利恒,希律王知道了,心里很不安。"有主的使者向约瑟(按约瑟是马利亚的丈夫,马利亚在婚前受圣灵感动怀孕,婚后生子耶稣)梦中显现,说:'起来,带着小孩子同他母亲,逃往埃及,……因为希律必寻找小孩子要除灭他。'"他们走后,希律"就大大发怒,差人将伯利恒城里,并四境所有的男孩,……凡两岁以里的,都杀尽了。"

"滑稽"例解[1]

苇 索

研究世界文学的人告诉我们：法人善于机锋，俄人善于讽刺，英美人善于幽默。这大概是真确的，就都为社会状态所制限。慨自语堂[2]大师振兴"幽默"以来，这名词是很通行了，但一普遍，也就伏着危机，正如军人自称佛子，高官忽挂念珠，而佛法就要涅槃一样。倘若油滑，轻薄，猥亵，都蒙"幽默"之号，则恰如"新戏"[3]之入"×世界"，必已成为"文明戏"也无疑。

这危险，就因为中国向来不大有幽默。只是滑稽是有的，但这和幽默还隔着一大段，日本人曾译"幽默"为"有情滑稽"，所以别于单单的"滑稽"，即为此。那么，在中国，只能寻得滑稽文章了？却又不。中国之自以为滑稽文章者，也还是油滑，轻薄，猥亵之谈，和真的滑稽有别。这"狸猫换太子"[4]的关键，是在历来的自以为正经的言论和事实，大抵滑稽者多，人们看惯，渐渐以为平常，便将油滑之类，误认为滑稽了。

在中国要寻求滑稽，不可看所谓滑稽文，倒要看所谓正经事，但必须想一想。

这些名文是俯拾即是的，譬如报章上正正经经的题目，什么"中日交涉渐入佳境"呀,"中国到那里去"呀,就都是的,咀嚼起来,真如橄榄一样,很有些回味。

见于报章上的广告的,也有的是。我们知道有一种刊物,自说是"舆论界的新权威"[5],"说出一般人所想说而没有说的话",而一面又在向别一种刊物"声明误会,表示歉意",但又说是"按双方均为社会有声誉之刊物,自无互相攻讦之理"。"新权威"而善于"误会","误会"了而偏"有声誉","一般人所想说而没有说的话"却是误会和道歉:这要不笑,是必须不会思索的。

见于报章的短评上的,也有的是。例如九月间《自由谈》所载的《登龙术拾遗》上,以做富家女婿为"登龙"之一术,不久就招来了一篇反攻,那开首道:"狐狸吃不到葡萄,说葡萄是酸的,自己娶不到富妻子,于是对于一切有富岳家的人发生了妒嫉,妒嫉的结果是攻击。"[6]这也不能想一下。一想"的结果",便分明是这位作者在表明他知道"富妻子"的味道是甜的了。

诸如此类的妙文,我们也尝见于冠冕堂皇的公文上:而且并非将它漫画化了的,却是它本身原来是漫画。《论语》一年中,我最爱看"古香斋"[7]这一栏,如四川营山县长禁穿长衫令云:"须知衣服蔽体已足,何必前拖后曳,消耗布匹?且国势衰弱,……顾念时艰,后患何堪设想?"又如北平社会局禁女人养雄犬文云:"查雌女雄犬相处,非仅有碍健康,更易发生无耻秽闻,揆之我国礼义之邦,亦为习俗所不许。谨特通令严禁……凡妇女带养之雄犬,斩之无赦,以为取缔!"这那里

准风月谈

是滑稽作家所能凭空写得出来的？

不过"古香斋"里所收的妙文,往往还倾于奇诡,滑稽却不如平淡,惟其平淡,也就更加滑稽,在这一标准上,我推选"甜葡萄"说。

十月十九日。

* * *

〔1〕 本篇最初发表于1933年10月26日《申报·自由谈》。

〔2〕 语堂 林语堂(1895—1976),福建龙溪人,作家。他在三十年代初主编《论语》半月刊,声称"以提倡幽默文字为主要目标"(见《论语》第三期《我们的态度》)。

〔3〕 "新戏" 我国话剧兴起于二十世纪初,最早称为"新剧"("新戏"),又称"文明戏",二十年代末"话剧"名称确立以后,一般仍称当时上海大世界、新世界等游艺场演出的比较通俗的话剧为文明戏。

〔4〕 "狸猫换太子" 从《宋史·李宸妃传》宋仁宗(赵祯)生母李宸妃不敢认子的记载演变而来的传说。清代石玉昆编述的公案小说《三侠五义》中写有这个故事,情节是:宋真宗无子,刘、李二妃皆怀孕,刘妃为争当皇后,与太监密谋,在李妃生子时,用一只剥皮的狸猫将小孩换下来。

〔5〕 "舆论界的新权威"等语,见邵洵美主办的《十日谈》创刊时的广告,载1933年8月10日《申报》。下面"声明误会"等语,见该刊向《晶报》"表示歉意"的广告,参看本书《后记》。

〔6〕 "狐狸吃不到葡萄,说葡萄是酸的"等语,见1933年9月6日国民党机关报《中央日报》所载圣闲《"女婿"的蔓延》一文,参看本书《后记》。

〔7〕"古香斋" 是《论语》半月刊自第四期(1932年11月1日)起增辟的一个栏目,刊载当时各地记述荒谬事件的新闻和文字。以下所举两令文,均见第十八期(1933年6月1日)该栏内。

外 国 也 有[1]

符 灵

凡中国所有的,外国也都有。

外国人说中国多臭虫,但西洋也有臭虫;日本人笑中国人好弄文字,但日本人也一样的弄文字。不抵抗的有甘地[2];禁打外人的有希特拉[3];狄昆希[4]吸鸦片;陀思妥夫斯基[5]赌得发昏。斯惠夫德[6]带枷,马克斯反动。林白[7]大佐的儿子,就给绑匪绑去了。而裹脚和高跟鞋,相差也不见得有多么远。

只有外国人说我们不问公益,只知自利,爱金钱,却还是没法辩解。民国以来,有过许多总统和阔官了,下野之后,都是面团团的,或赋诗,或看戏,或念佛,吃着不尽,真也好像给批评者以证据。不料今天却被我发现了:外国也有的!

"十七日哈伐那电——避居加拿大之古巴前总统麦查度……在古巴之产业,计值八百万美元,凡能对渠担保收回此项财产者,无论何人,渠愿与以援助。又一消息,谓古巴政府已对麦及其旧僚属三十八人下逮捕令,并扣押渠等之财产,其数达二千五百万美元。……"

以三十八人之多,而财产一共只有这区区二千五百万美元,手段虽不能谓之高,但有些近乎发财却总是确凿的,这已足为我们的"上峰"雪耻。不过我还希望他们在外国买有地皮,在外国银行里另有存款,那么,我们和外人折冲樽俎[8]的时候,就更加振振有辞了。

假使世界上只有一家有臭虫,而遭别人指摘的时候,实在也不大舒服的,但捉起来却也真费事。况且北京有一种学说,说臭虫是捉不得的,越捉越多。即使捉尽了,又有什么价值呢,不过是一种消极的办法。最好还是希望别家也有臭虫,而竟发现了就更好。发见,这是积极的事业。哥仑布与爱迪生[9],也不过有了发见或发明而已。

与其劳心劳力,不如玩跳舞,喝咖啡。外国也有的,巴黎就有许多跳舞场和咖啡店。

即使连中国都不见了,也何必大惊小怪呢,君不闻迦勒底与马基顿乎[10]?——外国也有的!

十月十九日。

* * *

〔1〕 本篇最初发表于1933年10月23日《申报·自由谈》。

〔2〕 甘地(M. Gandhi,1869—1948) 印度民族独立运动领袖。他提出"非暴力抵抗"口号,发起"不合作运动",领导印度人民反抗当时统治印度的英国殖民政府。

〔3〕 禁打外人的有希特拉 据1933年8月21日《申报》载:德国国社党冲锋队队员殴伤美国医生慕尔比希,希特勒出于外交需要,即派员赴美使馆道歉,并下令禁止冲锋队殴打外侨。

〔4〕 狄·昆希(T. De Quincey,1785—1859) 英国散文家。曾服食鸦片;著有《一个吃鸦片的英国人的忏悔》,于1822年出版。

〔5〕 陀思妥夫斯基（Ф. М. Достоевский，1821—1881） 通译陀斯妥耶夫斯基，俄国作家。主要作品有长篇小说《穷人》、《被侮辱与被损害的》、《罪与罚》等。在他夫人的回忆录中曾谈到他赌博的事，并引有陀思妥耶夫斯基在1871年4月28日信中的话说："那个使我痛苦了十年的下流的幻想……消失了。我以前老是梦想赢钱，梦想得很厉害，很热烈，……赌博将我全身缚住了。……但是现在我要想到工作，我不再像以前那样夜夜梦想着赌博的结果了。"

〔6〕 斯惠夫德（J. Swift，1667—1745） 通译斯威夫特，英国作家。著有《格列佛游记》等。鲁迅这里所说，似系另一英国作家、《鲁滨孙飘流记》的著者笛福（D. Defoe，约1660—1731）之误。1703年笛福曾为了一本讽刺教会的小册子《惩治不从国教者的捷径》，被英国政府逮捕，同年7月29日至31日，被罚在闹市戴枷示众三天。

〔7〕 林白（C. A. Lindbergh，1902—1974） 美国飞行家，1927年5月首次驾机横渡大西洋，完成由纽约到巴黎的不着陆飞行，获空军预备队上校衔。1932年3月，他的儿子在纽约被绑匪绑去。

〔8〕 折冲樽俎 语出《晏子春秋·内篇杂上》。原指诸侯在会盟的宴席上制胜对方，后泛指外交谈判。

〔9〕 哥仑布（C. Columbus，约1451—1506） 意大利探险家。他自1492年起四次率船横渡大西洋到达美洲沿岸地带，被称为美洲大陆的发现者。爱迪生（T. A. Edison，1847—1931），美国发明家，精研电学，有很多发明创制，如电灯、电报、电话、电影机、留声机等。

〔10〕 迦勒底（Chaldaea） 古代西亚经济繁盛的奴隶制国家，又称新巴比伦王国。公元前626年建立，前538年为波斯人所灭。马基顿（Macedonia），通译马其顿，古代巴尔干半岛中部的奴隶制军事强国，约形成于公元前六世纪，前二世纪被罗马帝国吞并。

扑　空[1]

丰之余

自从《自由谈》上发表了我的《感旧》和施蛰存先生的《〈庄子〉与〈文选〉》以后,《大晚报》[2]的《火炬》便在征求展开的讨论。首先征到的是施先生的一封信,题目曰《推荐者的立场》,注云"《庄子》与《文选》的论争"。

但施先生又并不愿意"论争",他以为两个人作战,正如弧光灯下的拳击手,无非给看客好玩。这是很聪明的见解,我赞成这一肢一节。不过更聪明的是施先生其实并非真没有动手,他在未说退场白之前,早已挥了几拳了。挥了之后,飘然远引,倒是最超脱的拳法。现在只剩下一个我了,却还得回一手,但对面没人也不要紧,我算是在打"逍遥游"[3]。

施先生一开首就说我加以"训诲",而且派他为"遗少的一肢一节"。上一句是诬赖的,我的文章中,并未对于他个人有所劝告。至于指为"遗少的一肢一节",却诚然有这意思,不过我的意思,是以为"遗少"也并非怎么很坏的人物。新文学和旧文学中间难有截然的分界,施先生是承认的,辛亥革命去今不过二十二年,则民国人中带些遗少气,遗老气,甚而至于封建气,也还不算甚么大怪事,更何况如施先生自己所说,"虽然不敢自认为遗少,但的确已消失了少年的活力"的呢,过去的余气当然要有的。但是,只要自己知道,别人也知道,能少传授一点,那就好了。

我早经声明,先前的文字是并非专为他个人而作的,而且自看了《〈庄子〉与〈文选〉》之后,则连这"一肢一节"也已经疏远。为什么呢,因为在推荐给青年的几部书目上,还题出着别一个极有意味的问题:其中有一种是《颜氏家训》[4]。这《家训》的作者,生当乱世,由齐入隋,一直是胡势大张的时候,他在那书里,也谈古典,论文章,儒士似的,却又归心于佛,而对于子弟,则愿意他们学鲜卑语,弹琵琶,以服事贵人——胡人。这也是庚子义和拳[5]败后的达官,富翁,巨商,士人的思想,自己念佛,子弟却学些"洋务",使将来可以事人:便是现在,抱这样思想的人恐怕还不少。而这颜氏的渡世法,竟打动了施先生的心了,还推荐于青年,算是"道德修养"。他又举出自己在读的书籍,是一部英文书和一部佛经[6],正为"鲜卑语"和《归心篇》[7]写照。只是现代变化急速,没有前人的悠闲,新旧之争,又正剧烈,一下子看不出什么头绪,他就也只好将先前两代的"道德",并萃于一身了。假使青年,中年,老年,有着这颜氏式道德者多,则在中国社会上,实是一个严重的问题,有荡涤的必要。自然,这虽为书目所引起,问题是不专在个人的,这是时代思潮的一部。但因为连带提出,表面上似有太关涉了某一个人之观,我便不敢论及了,可以和他相关的只有"劝人看《庄子》《文选》了"八个字,对于个人,恐怕还不能算是不敬的。但待到看了《〈庄子〉与〈文选〉》,却实在生了一点不敬之心,因为他辩驳的话比我所豫料的还空虚,但仍给以正经的答复,那便是《感旧以后》(上)。

然而施先生的写在看了《感旧以后》(上)之后的那封信,却更加证明了他和我所谓"遗少"的疏远。他虽然口说不来拳击,那第一段却全是对我个人而发的。现在介绍一点在这里,并且加以注解。

施先生说:"据我想起来,劝青年看新书自然比劝他们看旧书能够多获得一些群众。"这是说,劝青年看新书的,并非为了青年,倒是为自己要多获些群众。

施先生说:"我想借贵报的一角篇幅,将……书目改一下:我想把《庄子》与《文选》改为鲁迅先生的《华盖集》正续编及《伪自由书》。我想,鲁迅先生为当代'文坛老将',他的著作里是有着很广大的活字汇的,而且据丰之余先生告诉我,鲁迅先生文章里的确也有一些从《庄子》与《文选》里出来的字眼,譬如'之乎者也'之类。这样,我想对于青年人的效果也是一样的。"这一大堆的话,是说,我之反对推荐《庄子》与《文选》,是因为恨他没有推荐《华盖集》正续编与《伪自由书》的缘故。

施先生说:"本来我还想推荐一二部丰之余先生的著作,可惜坊间只有丰子恺[8]先生的书,而没有丰之余先生的书,说不定他是像鲁迅先生印珂罗版木刻图一样的是私人精印本,属于罕见书之列,我很惭愧我的孤陋寡闻,未能推荐矣。"这一段话,有些语无伦次了,好像是说:我之反对推荐《庄子》与《文选》,是因为恨他没有推荐我的书,然而我又并无书,然而恨他不推荐,可笑之至矣。

这是"从国文教师转到编杂志",劝青年去看《庄子》与《文选》,《论语》,《孟子》[9],《颜氏家训》的施蛰存先生,看了我的《感旧以后》(上)一文后,"不想再写什么"而终于写出来了的文章,辞退做"拳击手",而先行拳击别人的拳法。但他竟毫不提主张看《庄子》与《文选》的较坚实的理由,毫不指出我那《感旧》与《感旧以后》(上)两篇中间的错误,他只有无端的诬赖,自己的猜测,撒娇,装傻。几部古书的名目一撕下,"遗少"的肢节也就跟着渺渺茫茫,到底是现出本相:明明白白的变了"洋场恶少"了。

十月二十日。

【备考】:

推荐者的立场　　施蛰存

——《庄子》与《文选》之论争

万秋先生:

我在贵报向青年推荐了两部旧书,不幸引起了丰之余先生的训诲,把我派做"遗少中的一肢一节"。自从读了他老人家的《感旧以后》(上)一文后,我就不想再写什么,因为据我想起来,劝新青年看新书自然比劝他们看旧书能够多获得一些群众。丰之余先生毕竟是老当益壮,足为青年人的领导者。至于我呢,虽然不敢自认为遗少,但的确已消失了少年的活力,在这万象皆秋的环境中,即使丰之余先生那样的新精神,亦已不够振拔我的中年之感了。所以,我想借贵报一角篇幅,将我在九月二十九日贵报上发表的推荐给青年的书目改一下:我想把《庄子》与《文选》改为鲁迅先生的《华盖集》正续编及《伪自由书》。我想,鲁迅先生为当代"文坛老将",他的著作里是有着很广大的活字汇的,而且据丰之余先生告诉我,鲁迅先生文章里的确也有一些从《庄子》与《文选》里出来的字眼,譬如"之乎者也"之类。这样,我想对于青年人的效果也是一样的。本来我还想推荐一二部丰之余先生的著作,可惜坊间只有丰子恺先生的书,而没有丰之余先生的书,说不定他是像鲁迅先生印珂罗版木刻图一样的是私人精印本,属于罕见书之列,我很惭愧我的孤陋寡闻,未能推荐矣。

此外,我还想将丰之余先生介绍给贵报,以后贵报倘若有关于征求意见之类的计划,大可设法寄一份表格给丰之余先生,我想一定能够供给一点有价值的意见的。不过,如果那征求是与"遗少的一肢一节"有关系的话,那倒不妨寄给我。

看见昨天的贵报,知道你预备将这桩公案请贵报的读者来参加讨论。我不知能不能请求你取销这个计划。我常常想,两个人在报纸上作文字战,其情形正如弧光灯下的拳击手,而报纸编辑正如那赶来赶去的瘦裁判,读者呢,就是那些在黑暗里的无理智的看客。瘦裁判总希望拳击手一回合又一回合地打下去,直到其中的一个倒了下来,One,Two,Three……站不起来,于是跑到那喘着气的胜者身旁去,举起他的套大皮手套的膀子,高喊着"Mr. X Win the Champion."你试想想看,这岂不是太滑稽吗?现在呢,我不幸而自己做了这两个拳击手中间的一个,但是我不想为了瘦裁判和看客而继续扮演这滑稽戏了。并且也希望你不要做那瘦裁判。你不看见今天《自由谈》上止水先生的文章中引着那几句俗语吗?"舌头是扁的,说话是圆的",难道你以为从读者的讨论中会得有真是非产生出来呢?

施蛰存。十月十八日。

十月十九日,《大晚报》《火炬》。

《扑空》正误　　　　丰之余

前几天写《扑空》的时候,手头没有书,涉及《颜氏家训》之处,仅凭记忆,后来怕有错误,设法觅得原书来查了一查,发现对于颜之推的记述,是我弄错了。其《教子篇》云:"齐朝有一士大夫,尝谓吾曰:我有一儿,年已十七,颇晓书疏,教其鲜卑语,及弹琵琶,稍欲通解,以此伏事公卿,无不宠爱,亦要事也。吾时俛而不答。异哉此人之教子也。若由此业,自致卿相,亦不愿汝曹为之。"

然则齐士的办法,是庚子以后官商士绅的办法,施蛰存先生却是合齐士与颜氏的两种典型为一体的,也是现在一部分的人们的办法,可改称为"北朝式道德",也还是社会上的严重的问题。

对于颜氏,本应该十分抱歉的,但他早经死去了,谢罪与否都不相干,现在只在这里对于施先生和读者订正我的错误。

十月二十五日。

突　　围　　　　施蛰存

　　(八)对于丰之余先生,我的确曾经"打了几拳",这也许会成为我毕生的遗憾。但是丰先生作《扑空》,其实并未"空",还是扑的我,站在丰先生那一方面(或者说站在正邪说那方面)的文章却每天都在"剿"我,而我却真有"一个人的受难"之感了。

　　但是,从《扑空》一文中我发现了丰先生作文的逻辑,他说"我早经声明,先前的文字并非专为他个人而发的"。但下文却有"因为他辩驳的话比我所预料的还空虚"。不专为我而发,但已经预料我会辩驳,这又该作何解?

　　因为被人"指摘"了,我也觉得《庄子》与《文选》这两本书诚有不妥处,于是在给《大晚报》编辑的信里,要求他许我改两部新文学书,事实确是如此的。我并不说丰先生是恨我没有推荐这两部新文学书而"反对《庄子》与《文选》"的,而丰先生却说我存着这样的心思,这又岂是"有伦次"的话呢?

　　丰先生又把话题搭到《颜氏家训》,又搭到我自己正在读的两本书,并为一谈,说推荐《颜氏家训》是在教青年学鲜卑语,弹琵琶,以服事贵人,而且我还以身作则,在读一本洋书;说颜之推是"儒士似的,却又归心于佛",因而我也看一本佛书;从丰先生的解释看起来,竟连我自己也失笑了,天下事真会这样巧!

我明明记得,《颜氏家训》中的确有一个故事,说有人教子弟学鲜卑语,学琵琶,但我还记得底下有一句:"亦不愿汝曹为之",可见颜之推并不劝子弟读外国书。今天丰先生有"正误"了,他把这故事更正了之后,却说:"施蛰存先生却是合齐士与颜氏的两种典型为一体的。"这个,我倒不懂了,难道我另外还介绍过一本该"齐士"的著作给青年人吗?如果丰先生这逻辑是根据于"自己读外国书即劝人学鲜卑语",那我也没话可说了。

丰先生似乎是个想为儒家争正统的人物,不然何以对于颜之推受佛教影响如此之鄙薄呢?何以对于我自己看一本《释迦传》如此之不满呢?这里,有两点可以题出来:(一)《颜氏家训》一书之价值是否因《归心篇》而完全可以抹杀?况且颜氏虽然为佛教张目,但他倒并不鼓吹出世,逃避现实,他也不过列举佛家与儒家有可以并行不悖之点,而采佛家报应之说,以补儒家道德教训之不足,这也可以说等于现在人引《圣经》或《可兰经》中的话一样。(二)我看一本《佛本行经》,其意义也等于看一本《谟罕默德传》或《基督传》,既无皈佛之心,更无劝人学佛之行,而丰先生的文章却说是我的"渡世法",妙哉言乎,我不免取案头的一本某先生舍金上梓的《百喻经》而引为同志矣。

我以前对于丰先生,虽然文字上有点太闹意气,但的确还是表示尊敬的,但看到《扑空》这一篇,他竟骂我为"洋场恶少"了,切齿之声俨若可闻,我虽"恶",却也不敢再恶到以相当的恶声相报了。我呢,套一句现成诗:"十年一觉文坛梦,赢得洋场恶少名",原是无足重轻,但对于丰先生,我想该是会得后悔的。今天读到《〈扑空〉正误》,则又觉得丰先生所谓"无端的诬赖,自己的猜测,撒娇,装傻",又正好留着给自己"写照"了。

(附注)《大晚报》上那两个标题并不是我自己加的,我并无"立场",也并不愿意因我之故而使《庄子》与《文选》这两部书争吵起来。

右答丰之余先生。(二十七日)。

十月三十一日,十一月一日,《自由谈》。

*　　*　　*

〔1〕 本篇最初发表于1933年10月23、24日《申报·自由谈》。

〔2〕 《大晚报》 1932年2月12日在上海创刊。创办人张竹平任社长,曾虚白任主笔。该报自1933年4月起,增出《火炬》副刊,由崔万秋主编。1935年该报为国民党财阀孔祥熙收买,由孔令侃主持社务。1949年5月25日停刊。

〔3〕 "逍遥游" 原为《庄子》书中的篇名,这里是借用。

〔4〕 《颜氏家训》 北齐颜之推著。颜本为南朝梁人,后投奔鲜卑族政权北齐。隋初,太子召为学士。他生活的时代,正是经过五胡之乱,鲜卑族居统治地位的时期。

〔5〕 义和拳　即义和团,清末我国北方农民、手工业者及城市游民自发的群众组织。他们以设拳坛、练拳棒及其他迷信方式组织民众,初以"反清灭洋"为口号,后又改为"扶清灭洋",被清朝统治者利用攻打外国使馆,焚烧教堂。1900年(庚子)被八国联军和清政府共同镇压。

〔6〕 施蛰存在《大晚报》征求答案的表格"目下所读之书"栏内,填了一部《文学批评之原理》(英国李却兹著)和一部《佛本行经》。

〔7〕 《归心篇》　是《颜氏家训》中的一篇。主旨在说明"内(佛)外(儒)两教,本为一体",而对一些人加于佛教的批评和怀疑作种种解释,篇末并举有因果报应的例子数条。参看本篇"备考"《突围》。

〔8〕 丰子恺(1898—1975)　浙江桐乡人,美术家、散文家。

〔9〕 《孟子》　儒家经典,是记载战国中期儒家代表人物孟子言行的书,由他的弟子纂辑而成。

答"兼示"[1]

丰之余

前几天写了一篇《扑空》之后,对于什么"《庄子》与《文选》"之类,本也不想再说了。第二天看见了《自由谈》上的施蛰存先生《致黎烈文[2]先生书》,也是"兼示"我的,就再来说几句。因为施先生驳复我的三项,我觉得都不中肯——

(一)施先生说,既然"有些新青年可以有旧思想,有些旧形式也可以藏新内容",则像他似的"遗少之群中的一肢一节"的旧思想也可以存而不论,而且写《庄子》那样的古文也不妨了。自然,倘要这样写,也可以说"不妨"的,宇宙决不会因此破灭。但我总以为现在的青年,大可以不必舍白话不写,却另去熟读了《庄子》,学了它那样的文法来写文章。至于存而不论,那固然也可以,然而论及又有何妨呢?施先生对于青年之文法拙直,字汇少,和我的《感旧》,不是就不肯"存而不论"么?

(二)施先生以为"以词取士",和劝青年看《庄子》与《文选》有"强迫"与"贡献"之分,我的比例并不对。但我不知道施先生做国文教员的时候,对于学生的作文,是否以富有《庄子》文法与《文选》字汇者为佳文,转为编辑之后,也以这样的作品为上选?假使如此,则倘作"考官",我看是要以《庄子》

与《文选》取士的。

（三）施先生又举鲁迅的话,说他曾经说过:一,"少看中国书,其结果不过不能作文而已。"[3]可见是承认了要能作文,该多看中国书;二,"……我以为倘要弄旧的呢,倒不如姑且靠着张之洞的《书目答问》去摸门径去。"就知道没有反对青年读古书过。这是施先生忽略了时候和环境。他说一条的那几句的时候,正是许多人大叫要作白话文,也非读古书不可之际,所以那几句是针对他们而发的,犹言即使恰如他们所说,也不过不能作文,而去读古书,却比不能作文之害还大。至于二,则明明指定着研究旧文学的青年,和施先生的主张,涉及一般的大异。倘要弄中国上古文学史,我们不是还得看《易经》与《书经》[4]么?

其实,施先生说当他填写那书目的时候,并不如我所推测那样的严肃,我看这话倒是真实的。我们试想一想,假如真有这样的一个青年后学,奉命惟谨,下过一番苦功之后,用了《庄子》的文法,《文选》的语汇,来写发挥《论语》《孟子》和《颜氏家训》的道德的文章,"这岂不是太滑稽吗"?

然而我的那篇《怀旧》[5]是严肃的。我并非为要"多获群众",也不是因为恨施先生没有推荐《华盖集》正续编及《伪自由书》;更不是别有"动机",例如因为做学生时少得了分数,或投稿时被没收了稿子,现在就借此来报私怨。

十月二十一日。

【备考】:

致黎烈文先生书　　　　　施蛰存

——兼示丰之余先生

烈文兄：

那天电车上匆匆一晤，我因为要到民九社书铺去买一本看中意了的书，所以在王家沙下车了。但那本书终于因价钱不合，没有买到，徒然失去了一个与你多谈一刻的机会，甚怅怅。

关于"《庄子》与《文选》"问题，我决不再想说什么话。本来我当时填写《大晚报》编辑部寄来的那张表格的时候，并不含有如丰先生的意见所看出来的那样严肃。我并不说每一个青年必须看这两部书，也不是说每一个青年只要看这两部书，也并不是说我只有这两部书想推荐。大概报纸副刊的编辑，想借此添一点新花样，而填写者也大都是偶然觉得有什么书不妨看看，就随手写下了。早知这一写竟会闯出这样大的文字纠纷来，即使《大晚报》副刊编者崔万秋先生给我磕头我也不肯写的。今天看见《涛声》第四十期上有一封曹聚仁先生给我的信，最后一句是："没有比这两部书更有利于青年了吗？敢问。"这一问真问得我啼笑皆非了。（曹聚仁先生的信态度很真挚，我将有一封复信给他，也许他会得刊在《涛声》上，我希望你看一看。）

对于丰之余先生我也不愿再冒犯他，不过对于他在

《感旧》(上)那一篇文章里三点另外的话觉得还有一点意见——

（一）丰先生说："有些新青年可以有旧思想,有些旧形式也可以藏新内容。"是的,新青年尚且可以有旧思想,那么像我这种"遗少之群中的一肢一节"之有旧思想似乎也可以存而不论的了。至于旧形式也可以藏新内容,则似乎写《庄子》那样的古文也不妨,只要看它的内容如何罢了。

（二）丰先生说不懂我劝青年看《庄子》与《文选》与做了考官以词取士有何分界,这其实是明明有着分界的。前者是以一己的意见供献给青年,接受不接受原在青年的自由;后者却是代表了整个阶级（注：做官的阶级也）,几乎是强迫青年全体去填词了。(除非这青年不想做官。)

（三）说鲁迅先生的文章是从《庄子》与《文选》中来的,这确然是滑稽的,我记得我没有说过那样的话。我的文章里举出鲁迅先生来作例,其意只想请不反对青年从古书求得一点文学修养的鲁迅先生来帮帮忙。鲁迅先生虽然一向是劝青年多读外国书的,但这是他以为从外国书中可以训练出思想新锐的青年来；至于像我那样给青年从做文章（或说文学修养）上着想,则鲁迅先生就没有反对青年读古书过。举两个证据来罢：一,"少看中国书,其结果不过不能作文而已。"(见北新版《华盖集》第四页。)这可见鲁迅先生也承认要能作文,该多看中国书

答"兼示"

了。而这所谓中国书,从上文看来,似乎并不是指的白话文书。二,"我常被询问,要弄文学,应该看什么书?……我以为倘要弄旧的呢,倒不如姑且靠着张之洞的《书目答问》去摸门径去。"(见北新版《而已集》第四十五页。)

现在,我想我应该在这里"带住"了,我曾有一封信给《大晚报》副刊的编者,为了尊重丰之余先生的好意,我曾请求允许我换两部书介绍给青年。除了我还写一封信给曹聚仁先生之外,对于这"《庄子》与《文选》"的问题我没有要说的话了。我曾经在《自由谈》的壁上,看过几次的文字争,觉得每次总是愈争愈闹意气,而离本题愈远,甚至到后来有些参加者的动机都是可以怀疑的,我不想使自己不由自主地被卷入漩涡,所以我不再说什么话了。昨晚套了一个现成偈语:

此亦一是非　彼亦一是非
唯无是非观　庶几免是非

倘有人能写篆字者乎?颇想一求法挥,张之素壁。

施蛰存上(十九日)。
十月二十日,《申报》《自由谈》。

*　　*　　*

〔1〕 本篇最初发表于1933年10月26日《申报·自由谈》。

〔2〕 黎烈文(1904—1972) 湖南湘潭人,翻译家。1932年12月起任《申报·自由谈》编辑,1934年5月去职。

〔3〕 "少看中国书"二句见《华盖集·青年必读书》。下文"我以为倘要弄旧的呢"二句见《而已集·读书杂谈》。

〔4〕 《易经》 又名《周易》,儒家经典,古代记载占卜的书。其中卦辞、爻辞部分,可能萌芽于殷周之际。《书经》,又名《尚书》,儒家经典,我国上古历史文件的汇编。

〔5〕 《怀旧》 当为《感旧》,即《重三感旧》。

中国文与中国人[1]

余 铭

最近出版了一本很好的翻译：高本汉著的《中国语和中国文》。高本汉[2]先生是个瑞典人，他的真姓是珂罗倔伦（Karlgren）。他为什么"贵姓"高呢？那无疑的是因为中国化了。他的确对于中国语文学有很大的供献。

但是，他对于中国人似乎更有研究，因此，他很崇拜文言，崇拜中国字，以为对中国人是不可少的。

他说："近来——按高氏这书是一九二三年在伦敦出版的——某几种报纸，曾经试用白话，可是并没有多大的成功；因此也许还要触怒多数定报人，以为这样，就是讽示著他们不能看懂文言报呢！"

"西洋各国里有许多伶人，在他们表演中，他们几乎随时可以插入许多'打诨'，也有许多作者，滥引文书；但是大家都认这种是劣等的风味。这在中国恰好相反，正认为高妙的文雅而表示绝艺的地方。"

中国文的"含混的地方，中国人不但不因之感受了困难，反而愿意养成它。"

但高先生自己却因此受够了侮辱："本书的著者和亲爱的中国人谈话，所说给他的，很能完全了解；但是，他们彼此谈话的时候,他几乎一句也不懂。"这自然是那些"亲爱的中国人"在"讽示"他不懂上流社会的话,因为"外国人到了中国来,只要注意一点,他就可以觉得:他自己虽然熟悉了普通人的语言,而对于上流社会的谈话,还是莫名其妙的。"

于是他就说:"中国文字好像一个美丽可爱的贵妇,西洋文字好像一个有用而不美的贱婢。"

美丽可爱而无用的贵妇的"绝艺",就在于"插诨"的含混。这使得西洋第一等的学者,至多也不过抵得上中国的普通人,休想爬进上流社会里来。这样,我们"精神上胜利了"。为要保持这种胜利,必须有高妙文雅的字汇,而且要丰富!五四白话运动的"没有多大成功",原因大抵就在上流社会怕人讽示他们不懂文言。

虽然,"此亦一是非,彼亦一是非"——我们还是含混些好了。否则,反而要感受困难的。

十月二十五日。

* * *

〔1〕 本篇最初发表于1933年10月28日《申报·自由谈》。

按本篇和《南腔北调集》中的《关于女人》、《真假堂吉诃德》,《伪自由书》中的《伸冤》、《王道诗话》第十二篇文章,都是1933年瞿秋白在上海时所作,其中有的是根据鲁迅的意见或与鲁迅交换意见后写成的。鲁迅对这些文章曾做过字句上的改动(个别篇改换了题目),并请人誊抄后,以自己使用的笔名寄给《申报·自由谈》等报刊发表,后来又分别将它们收入自己的杂文集。

〔2〕 高本汉(Bernhard Karlgren,1889—1978) 瑞典汉语学家。1909年至1912年间旅居中国,研究汉语音韵学。他的《中国语和中国文》一书,1923年在英国出版;后经张世禄译出,1931年由商务印书馆出版。

野兽训练法[1]

余 铭

最近还有极有益的讲演,是海京伯马戏团的经理施威德在中华学艺社的三楼上给我们讲"如何训练动物?"[2]可惜我没福参加旁听,只在报上看见一点笔记。但在那里面,就已经够多着警辟的话了——

"有人以为野兽可以用武力拳头去对付它,压迫它,那便错了,因为这是从前野蛮人对付野兽的办法,现在训练的方法,便不是这样。"

"现在我们所用的方法,是用爱的力量,获取它们对于人的信任,用爱的力量,温和的心情去感动它们。……"

这一些话,虽然出自日耳曼人之口,但和我们圣贤的古训,也是十分相合的。用武力拳头去对付,就是所谓"霸道"。然而"以力服人者,非心服也"[3],所以文明人就得用"王道",以取得"信任":"民无信不立"[4]。

但是,有了"信任"以后,野兽可要变把戏了——

"教练者在取得它们的信任以后,然后可以从事教练它们了:第一步,可以使它们认清坐的,站的位置;再可以使它们跳浜,站起来……"

训兽之法,通于牧民,所以我们的古之人,也称治民的大人物曰"牧"〔5〕。然而所"牧"者,牛羊也,比野兽怯弱,因此也就无须乎专靠"信任",不妨兼用着拳头,这就是冠冕堂皇的"威信"。

由"威信"治成的动物,"跳浜,站起来"是不够的,结果非贡献毛角血肉不可,至少是天天挤出奶汁来,——如牛奶,羊奶之流。

然而这是古法,我不觉得也可以包括现代。

施威德讲演之后,听说还有余兴,如"东方大乐"及"踢毽子"〔6〕等,报上语焉不详,无从知道底细了,否则,我想,恐怕也很有意义。

十月二十七日。

*　　*　　*

〔1〕 本篇最初发表于1933年10月30日《申报·自由谈》。

〔2〕 海京伯马戏团　德国驯兽家海京伯(C. Hagebeck,1844—1913)创办的马戏团。施威德(R. Sawade,1869—1947),德国驯兽家。据1933年10月27日《申报》报道:10月26日下午在中华学艺社讲演者为海京伯马戏团的惠格纳,施因年老未讲。中华学艺社,一些中国留日学生组织的学术团体。1916年成立于日本东京,原名丙辰学社,后迁上海,改名"中华学艺社"。曾发行《学艺》杂志。

〔3〕 "以力服人者,非心服也"　孟子的话,见《孟子·公孙丑(上)》:"以力服人者,非心服也,力不赡也。"

〔4〕 "民无信不立"　孔子的话,见《论语·颜渊》。宋代邢昺疏:"治国不可失信,失信则国不立也。"

〔5〕 "牧" 《礼记·曲礼》:"九州之长,入天子之国曰牧。"古代称"九州"的各州长官为牧。汉代起,有些朝代曾设置牧的官职。

〔6〕 "东方大乐"及"踢毽子" 据1933年10月27日《申报》报道:在惠格纳讲演后,放映电影助兴,其中有《东方大乐》及《褚民谊踢毽子》等短片。

反 刍[1]

元 艮

关于"《庄子》与《文选》"的议论,有些刊物上早不直接提起应否大家研究这问题,却拉到别的事情上去了。他们是在嘲笑那些反对《文选》的人们自己却曾做古文,看古书。

这真利害。大约就是所谓"以子之矛,攻子之盾"[2]罢——对不起,"古书"又来了!

不进过牢狱的那里知道牢狱的真相。跟着阔人,或者自己原是阔人,先打电话,然后再去参观的,他只看见狱卒非常和气,犯人还可以用英语自由的谈话[3]。倘要知道得详细,那他一定是先前的狱卒,或者是释放的犯人。自然,他还有恶习,但他教人不要钻进牢狱去的忠告,却比什么名人说模范监狱的教育卫生,如何完备,比穷人的家里好得多等类的话,更其可信的。

然而自己沾了牢狱气,据说就不能说牢狱坏,狱卒或囚犯,都是坏人,坏人就不能有好话。只有好人说牢狱好,这才是好话。读过《文选》而说它无用,不如不读《文选》而说它有用的可听。反"反《文选》"的诸君子,自然多是读过的了,但未读的也有,举一个例在这里罢——"《庄子》我四年前虽曾读过,但那时还不能完全读懂……《文选》则我完全没有见过。"然而他结末说,"为了浴盘的水糟了,就连小宝宝也要倒掉,这意思是我们不敢赞同的。"〔4〕(见《火炬》)他要保护水中的"小宝宝",可是没有见过"浴盘的水"。

五四运动的时候,保护文言者是说凡做白话文的都会做文言文,所以古文也得读。现在保护古书者是说反对古书的也在看古书,做文言,——可见主张的可笑。永远反刍,自己却不会呕吐,大约真是读透了《庄子》了。

十一月四日。

* * *

〔1〕 本篇最初发表于1933年11月7日《申报·自由谈》。

〔2〕 "以子之矛,攻子之盾" 语出《韩非子·难势》:"人有鬻矛与盾者,誉其盾之坚,物莫能陷也;俄而又誉其矛,曰:'吾矛之利,物无不陷之。'人应之曰:'以子之矛,陷子之盾,何如?'其人弗能应也。"

〔3〕 犯人还可以用英语自由的谈话 这是胡适说的话,参看《伪自由书·"光明所到……"》。

〔4〕 "为了浴盘的水糟了,就连小宝宝也要倒掉"等语,见1933年10月24日《大晚报·火炬》载何人《我的意见》一文。

归　厚[1]

罗　怃

在洋场上,用一瓶强水[2]去洒他所恨的女人,这事早经绝迹了。用些秽物去洒他所恨的律师,这风气只继续了两个月。最长久的是造了谣言去中伤他们所恨的文人,说这事已有了好几年,我想,是只会少不会多的。

洋场上原不少闲人,"吃白相饭"尚且可以过活,更何况有时打几圈马将。小妇人的喊喊喳喳,又何尝不可以消闲。我就是常看造谣专门杂志之一人,但看的并不是谣言,而是谣言作家的手段,看他有怎样出奇的幻想,怎样别致的描写,怎样险恶的构陷,怎样躲闪的原形。造谣,也要才能的,如果他造得妙,即使造的是我自己的谣言,恐怕我也会爱他的本领。

但可惜大抵没有这样的才能,作者在谣言文学上,也还是"滥竽充数"[3]。这并非我个人的私见。讲什么文坛故事的小说不流行,什么外史也不再做下去,[4]可见是人们多已摇头了。讲来讲去总是这几套,纵使记性坏,多听了也会烦厌的。想继续,这时就得要才能;否则,台下走散,应该换一出戏来叫座。

譬如罢,先前演的是《杀子报》[5]罢,这回就须是《三娘教子》[6],"老东人呀,唉,唉,唉!"

而文场实在也如戏场,果然已经渐渐的"民德归厚"[7]了,有的还至于自行声明,更换办事人,说是先前"揭载作家秘史,虽为文坛佳话,然亦有伤忠厚。以后本刊停登此项稿件。……以前言责,……概不负责。"(见《微言》[8])为了"忠厚"而牺牲"佳话",虽可惜,却也可敬的。

尤其可敬的是更换办事人。这并非敬他的"概不负责",而是敬他的彻底。古时候虽有"放下屠刀,立地成佛"的人,但因为也有"放下官印,立地念佛"而终于又"放下念珠,立地做官"的人,这一种玩意儿,实在已不足以昭大信于天下:令人办事有点为难了。

不过,尤其为难的是忠厚文学远不如谣言文学之易于号召读者,所以须有才能更大的作家,如果一时不易搜求,那刊物就要减色。我想,还不如就用先前打诨的二丑挂了长须来唱老生戏,那么,暂时之间倒也特别而有趣的。

十一月四日。

附记:这一篇没有能够发表。

次年六月十九日记。

*　　*　　*

〔1〕　本篇当时未能在报刊发表。

〔2〕　强水　又作镪水,硝酸、硫酸等强腐蚀性液体的俗称。

〔3〕　"滥竽充数"　出自《韩非子·内储说》所载的一个故事:"齐宣王使人吹竽,必三百人,南郭处士请为王吹竽,宣王说(悦)之,廪食以数百人。宣王死,湣王立,好一一听之,处士逃。"

〔4〕 这里说的"文坛故事的小说"、"外史",指当时一些文人编造的影射文化界人士的作品,如张若谷的《婆汉迷》、杨邨人的《新儒林外史》(只写了第一回)等。

〔5〕 《杀子报》 一出表现淫恶、凶杀的旧戏。写徐寡妇与僧人私通,杀子碎尸的故事。

〔6〕 《三娘教子》 一出宣传节义思想的旧戏。写讹传薛广为人所害,其妾三娘守节教养儿子,终得封诰的故事。"老东人"是戏中老仆人薛保对主人薛广的称呼。

〔7〕 "民德归厚" 语出《论语·学而》:"曾子曰:'慎终追远,民德归厚矣。'"

〔8〕 《微言》 综合性刊物。1933年5月在上海创刊。初为半周刊,1934年4月改为周刊。抗日战争爆发前停刊。该刊第一卷第二十期(1933年10月15日)登载"改组启事",声明原创办人何大义等八人已与该刊脱离关系,自第二十期起,改由钱唯学等四人接办,同时又登有钱等四人的"启事";这里所引的几句,即出于后一"启事"中。

难 得 糊 涂[1]

子 明

因为有人谈起写篆字,我倒记起郑板桥[2]有一块图章,刻着"难得糊涂"。那四个篆字刻得叉手叉脚的,颇能表现一点名士的牢骚气。足见刻图章写篆字也还反映着一定的风格,正像"玩"木刻之类,未必"只是个人的事情"[3]:"谬种"和"妖孽"就是写起篆字来,也带着些"妖谬"的。

然而风格和情绪,倾向之类,不但因人而异,而且因事而异,因时而异。郑板桥说"难得糊涂",其实他还能够糊涂的。现在,到了"求仕不获无足悲,求隐而不得其地以窜者,毋亦天下之至哀欤"[4]的时代,却实在求糊涂而不可得了。

糊涂主义,唯无是非观等等——本来是中国的高尚道德。你说他是解脱,达观罢,也未必。他其实在固执着,坚持着什么,例如道德上的正统,文学上的正宗之类。这终于说出来了:——道德要孔孟加上"佛家报应之说"(老庄另帐登记),而说别人"鄙薄"佛教影响就是"想为儒家争正统"[5],原来同善社[6]的三教同源论早已是正统了。文学呢?要用生涩字,用词藻,秾纤的作品,而且是新文学的作品,虽则他"否认新文学和旧文学的分界";而大众文学"固然赞成","但那是文学中的一个旁支"[7]。正统和正宗,是明显的。

对于人生的倦怠并不糊涂！活的生活已经那么"穷乏"，要请青年在"佛家报应之说"，在《文选》，《庄子》，《论语》，《孟子》"里去求得修养。后来，修养又不见了，只剩得字汇。"自然景物，个人情感，宫室建筑，……之类，还不妨从《文选》之类的书中去找来用。"〔8〕从前严几道从甚么古书里——大概也是《庄子》罢——找着了"么匿"〔9〕两个字来译 Unit，又古雅，又音义双关的。但是后来通行的却是"单位"。严老先生的这类"字汇"很多，大抵无法复活转来。现在却有人以为"汉以后的词，秦以前的字，西方文化所带来的字和词，可以拼成功我们的光芒的新文学"〔10〕。这光芒要是只在字和词，那大概像古墓里的贵妇人似的，满身都是珠光宝气了。人生却不在拼凑，而在创造，几千百万的活人在创造。可恨的是人生那么骚扰忙乱，使一些人"不得其地以甯"，想要逃进字和词里去，以求"庶免是非"，然而又不可得。真要写篆字刻图章了！

十一月六日。

*　　*　　*

〔1〕　本篇最初发表于1933年11月24日《申报·自由谈》。

〔2〕　郑板桥(1693—1765)　名燮，字克柔，号板桥，江苏兴化人，清代文学家、书画家。

〔3〕　"玩"木刻，"只是个人的事情"，都是施蛰存《〈庄子〉与〈文选〉》中的话。参看本书《〈感旧〉以后(上)》"备考"。

〔4〕　"求仕不获无足悲"等句，见章太炎为吴宗慈纂辑的《庐山

志》所作《题辞》。这篇《题辞》作于1933年9月,曾发表于同年10月12日《申报·自由谈》。

〔5〕 "佛家报应之说"、"想为儒家争正统",是施蛰存《突围》中的话。参看本书《扑空》"备考"。

〔6〕 同善社 封建迷信的道门组织。以扶乩活动惑人。

〔7〕 这是施蛰存《突围》之四(答曹聚仁)中的话,见1933年10月30日《申报·自由谈》,原文为:"我赞成大众文学,尽可能地以浅显的文字供给大众阅读,但那是文学中的一个旁支。"

〔8〕 "自然景物"等语,是施蛰存《突围》之五(答致立)中的话,见1933年10月30日《申报·自由谈》,原文为:"我想至少还有许多自然景物,个人感情,宫室建筑,以及在某种情形之下专用的名词或形容词之类,还不妨从《文选》之类的书中去找来用。"

〔9〕 "幺匿" 英语 unit 的音译。严复译英国斯宾塞《群学肄言》第三章《喻术》中说:"群者,谓之拓都(原注:译言总会);一者,谓之幺匿(原注:译言单个)。"严复自己在《译余赘语》里举例解释说:"大抵万物莫不有总有分:总曰拓都,译言全体;分曰幺匿,译言单位。笔,拓都也;毫,幺匿也。饭,拓都也;粒,幺匿也。国,拓都也;民,幺匿也。"按"拓都",英语 total 的音译,意为全体、总计。

〔10〕 "汉以后的词"等句,也见施蛰存《突围》之四(答曹聚仁)。

古书中寻活字汇[1]

罗 怃

古书中寻活字汇，是说得出，做不到的，他在那古书中，寻不出一个活字汇。

假如有"可看《文选》的青年"在这里，就是高中学生中的几个罢，他翻开《文选》来，一心要寻活字汇，当然明知道那里面有些字是已经死了的。然而他怎样分别那些字的死活呢？大概只能以自己的懂不懂为标准。但是，看了六臣注[2]之后才懂的字不能算，因为这原是死尸，由六臣背进他脑里，这才算是活人的，在他脑里即使复活了，在未"可看《文选》的青年"的眼前却还是死家伙。所以他必须看白文。

诚然，不看注，也有懂得的，这就是活字汇。然而他怎会先就懂得的呢？这一定是曾经在别的书上看见过，或是到现在还在应用的字汇，所以他懂得。那么，从一部《文选》里，又寻到了什么？

然而施先生说，要描写宫殿之类的时候有用处。这很不错，《文选》里有许多赋是讲到宫殿的，并且有什么殿的专赋。倘有青年要做汉晋的历史小说，描写那时的宫殿，找《文选》是极应该的，还非看"四史"《晋书》[3]之类不可。然而所取的僻字也不过将死尸抬出来，说得神秘点便名之曰"复活"。

如果要描写的是清故宫,那可和《文选》的瓜葛就极少了。

倘使连清故宫也不想描写,而豫备工夫却用得这么广泛,那实在是徒劳而仍不足。因为还有《易经》和《仪礼》[4],里面的字汇,在描写周朝的卜课和婚丧大事时候是有用处的,也得作为"文学修养之根基",这才更像"文学青年"的样子。

十一月六日。

※　　※　　※

〔1〕 本篇最初发表于1933年11月9日《申报·自由谈》。

〔2〕 六臣注 《文选》在唐代先有李善注,后有吕延济、刘良、张铣、吕向、李周翰五人注,合称六臣注。

〔3〕 "四史" 《史记》、《汉书》、《后汉书》、《三国志》的合称。《晋书》,唐代房玄龄等撰,记述晋代历史的纪传体史书。

〔4〕 《仪礼》 又称《礼经》,儒家经典,春秋战国时代一部分礼制资料的汇编。

"商定"文豪[1]

白在宣

笔头也是尖的,也要钻。言路的窄,现在也正如活路一样,所以(以上十五字,刊出时作"别的地方钻不进,")只好对于文艺杂志广告的夸大,前去刺一下。

一看杂志的广告,作者就个个是文豪,中国文坛也真好像光焰万丈,但一面也招来了鼻孔里的哼哼声。然而,著作一世,藏之名山,以待考古团的掘出的作家,此刻早已没有了,连自作自刻,订成薄薄的一本,分送朋友的诗人,也已经不大遇得到。现在是前周作稿,次周登报,上月剪贴,下月出书,大抵仅仅为稿费。倘说,作者是饿着肚子,专心在为社会服务,恐怕说出来有点要脸红罢。就是笑人需要稿费的高士,他那一篇嘲笑的文章也还是不免要稿费。但自然,另有薪水,或者能靠女人奁资养活的文豪,都不属于这一类。

就大体而言,根子是在卖钱,所以上海的各式各样的文豪,由于"商定",是"久已夫,已非一日矣"[2]的了。

商家印好一种稿子后,倘那时封建得势,广告上就说作者是封建文豪,革命行时,便是革命文豪,于是封定了一批文豪们。别家的书也印出来了,另一种广告说那些作者并非真封建或真革命文豪,这边的才是真货色,于是又封定了一批文豪们。别一家又集印了各种广告的论战,一位作者加上些批评,另出了一位新文豪。

还有一法是结合一套脚色,要几个诗人,几个小说家,一个批评家,商量一下,立一个什么社,登起广告来,打倒彼文豪,抬出此文豪,结果也总可以封定一批文豪们,也是一种的"商定"。

就大体而言,根子是在卖钱,所以后来的书价,就不免指出文豪们的真价值,照价二折,五角一堆,也说不定的。不过有一种例外:虽然铺子出盘,作品贱卖,却并不是文豪们走了末路,那是他们已经"爬了上去",进大学,进衙门,不要这踏脚凳了。

十一月七日。

*　　*　　*

〔1〕 本篇最初发表于1933年11月11日《申报·自由谈》。

〔2〕 "久已夫,已非一日矣" 这是对叠床架屋的八股文滥调的模仿,清代梁章钜《制义丛话》卷二十四曾引有这样的句子:"久已夫,千百年来已非一日矣"。

青年与老子[1]

敬 一 尊

听说,"慨自欧风东渐以来"[2],中国的道德就变坏了,尤其是近时的青年,往往看不起老子。这恐怕真是一个大错误,因为我看了几个例子,觉得老子的对于青年,有时确也很有用处,很有益处,不仅足为"文学修养"之助的。

有一篇旧文章——我忘记了出于什么书里的了——告诉我们,曾有一个道士,有长生不老之术,自说已经百余岁了,看去却"美如冠玉",像二十左右一样。有一天,这位活神仙正在大宴阔客,突然来了一个须发都白的老头子,向他要钱用,他把他骂出去了。大家正惊疑间,那活神仙慨然的说道,"那是我的小儿,他不听我的话,不肯修道,现在你们看,不到六十,就老得那么不成样子了。"大家自然是很感动的,但到后来,终于知道了那人其实倒是道士的老子。[3]

还有一篇新文章——杨某的自白[4]——却告诉我们,他是一个有志之士,学说是很正确的,不但讲空话,而且去实行,但待到看见有些地方的老头儿苦得不像样,就想起自己的老子来,即使他的理想实现了,也不能使他的父亲做老太爷,仍旧要吃苦。于是得到了更正确的学说,抛去原有的理想,改做孝子了。假使父母早死,学说那有这么圆满而堂皇呢?这不也就是老子对于青年的益处么?

 那么,早已死了老子的青年不是就没有法子么?我以为不然,也有法子想。这还是要查旧书。另有一篇文章——我也忘了出在什么书里的了——告诉我们,一个老女人在讨饭,忽然来了一位大阔人,说她是自己的久经失散了的母亲,她也将错就错,做了老太太。后来她的儿子要嫁女儿,和老太太同到首饰店去买金器,将老太太已经看中意的东西自己带去给太太看一看,一面请老太太还在拣,——可是,他从此就不见了。[5]

 不过,这还是学那道士似的,必须实物时候的办法,如果单是做做自白之类,那是实在有无老子,倒并没有什么大关系的。先前有人提倡过"虚君共和"[6],现在又何妨有"没亲孝子"?张宗昌[7]很尊孔,恐怕他府上也未必有"四书""五经"罢。

十一月七日。

※　　　※　　　※

 〔1〕 本篇最初发表于1933年11月17日《申报·自由谈》。

 〔2〕 "慨自欧风东渐以来" 这是清末文人笔下常常出现的滥调;"欧风东渐"指西方文化传入中国。

 〔3〕 关于道士长生不老的故事,见《太平广记》卷二八九引五代汉王仁裕《玉堂闲话》:"长安完盛之时,有一道术人,称得丹砂之妙,颜如弱冠,自言三百余岁,京都人甚慕之,至于输货求丹,横经请益者,门如市肆。时有朝士数人造其第,饮啜方酣,有阍者报曰:'郎君从庄上

来,欲参觐。'道士作色叱之。坐客闻之,或曰:'贤郎远来,何妨一见。'道士颦蹙移时,乃曰:'但令入来。'俄见一老叟,鬓发如银,昏耄伛偻,趋前而拜,拜讫,叱入中门,徐谓坐客曰:'小儿愚骏,不肯服食丹砂,以至于是,都未及百岁,枯槁如斯,常已斥于村墅间耳。'坐客愈更神之。后有人私诘道者亲知,乃云伛偻者即其父也。好道术者,受其诳惑,如欺婴孩矣。"

〔4〕 杨某的自白　指杨邨人在《读书杂志》第三卷第一期(1933年2月)发表的《离开政党生活的战壕》一文。

〔5〕 宋代陈世崇《随隐漫录》卷五"钱塘游手"条有与这里所述大致相同的故事。鲁迅1927年日记所附《西牖书钞》引录过该书。

〔6〕 "虚君共和"　辛亥革命后,康有为曾在上海《不忍》杂志第九、十两期合刊(1918年1月)发表《共和平议》、《与徐太傅(徐世昌)书》,说中国不宜实行"民主共和",而应实行"虚君共和"(即君主立宪)。

〔7〕 张宗昌(1881—1932)　山东掖县人,北洋奉系军阀。1925年他任山东督军时,曾提倡尊孔读经。

后　　记

　　这六十多篇杂文，是受了压迫之后，从去年六月起，另用各种的笔名，障住了编辑先生和检查老爷的眼睛，陆续在《自由谈》上发表的。不久就又蒙一些很有"灵感"的"文学家"吹嘘，有无法隐瞒之势，虽然他们的根据嗅觉的判断，有时也并不和事实相符。但不善于改悔的人，究竟也躲闪不到那里去，于是不及半年，就得着更厉害的压迫了，敷衍到十一月初，只好停笔，证明了我的笔墨，实在敌不过那些带着假面，从指挥刀下挺身而出的英雄。

　　不做文章，就整理旧稿，在年底里，粘成了一本书，将那时被人删削或不能发表的，也都添进去了，看起分量来，倒比这以前的《伪自由书》要多一点。今年三月间，才想付印，做了一篇序，慢慢的排，校，不觉又过了半年，回想离停笔的时候，已是一年有余了，时光真是飞快，但我所怕的，倒是我的杂文还好像说着现在或甚而至于明年。

　　记得《伪自由书》出版的时候，《社会新闻》[1]曾经有过一篇批评，说我的所以印行那一本书的本意，完全是为了一条尾巴——《后记》。这其实是误解的。我的杂文，所写的常是一鼻，一嘴，一毛，但合起来，已几乎是或一形象的全体，不加

后　记

什么原也过得去的了。但画上一条尾巴,却见得更加完全。所以我的要写后记,除了我是弄笔的人,总要动笔之外,只在要这一本书里所画的形象,更成为完全的一个具象,却不是"完全为了一条尾巴"。

内容也还和先前一样,批评些社会的现象,尤其是文坛的情形。因为笔名改得勤,开初倒还平安无事。然而"江山好改,秉性难移",我知道自己终于不能安分守己。《序的解放》碰着了曾今可,《豪语的折扣》又触犯了张资平[2],此外在不知不觉之中得罪了一些别的什么伟人,我还自己不知道。但是,待到做了《各种捐班》和《登龙术拾遗》以后,这案件可就闹大了。

去年八月间,诗人邵洵美先生所经营的书店里,出了一种《十日谈》[3],这位诗人在第二期(二十日出)上,飘飘然的论起"文人无行"来了,先分文人为五类,然后作结道——

除了上述五类外,当然还有许多其他的典型;但其所以为文人之故,总是因为没有饭吃,或是有了饭吃不饱。因为做文人不比做官或是做生意,究竟用不到多少本钱。一枝笔,一些墨,几张稿纸,便是你所要预备的一切。呒本钱生意,人人想做,所以文人便多了。此乃是没有职业才做文人的事实。

我们的文坛便是由这种文人组织成的。

因为他们是没有职业才做文人,因此他们的目的仍在职业而不在文人。他们借着文艺宴会的名义极力地拉拢大人物；借文艺杂志或是副刊的地盘,极力地为自己做广告；但求闻达,不顾羞耻。

谁知既为文人矣,便将被目为文人；既被目为文人矣,便再没有职业可得,这般东西便永远在文坛里胡闹。

文人的确穷的多,自从迫压言论和创作以来,有些作者也的确更没有饭吃了。而邵洵美先生是所谓"诗人",又是有名的巨富"盛宫保"[4]的孙婿,将污秽泼在"这般东西"的头上,原也十分平常。但我以为作文人究竟和"大出丧"有些不同,即使雇得一大群帮闲,开锣喝道,过后仍是一条空街,还不及"大出丧"的虽在数十年后,有时还有几个市侩传颂。穷极,文是不能工的,可是金银又并非文章的根苗,它最好还是买长江沿岸的田地。然而富家儿总不免常常误解,以为钱可使鬼,就也可以通文。使鬼,大概是确的,也许还可以通神,但通文却不成,诗人邵洵美先生本身的诗便是证据。我那两篇中的有一段,便是说明官可捐,文人不可捐,有裙带官儿,却没有裙带文人的。

然而,帮手立刻出现了,还出在堂堂的《中央日报》[5]（九月四日及六日）上——

女婿问题　　　如是

最近的《自由谈》上,有两篇文章都是谈到女婿的,一篇是孙用的《满意和写不出》,一篇是苇索的《登龙术拾遗》。后一篇九月一日刊出,前一篇则不在手头,刊出日期大约在八月下旬。

苇索先生说:"文坛虽然不致于要招女婿,但女婿却是会要上文坛的。"后一句"女婿却是会要上文坛的",立论十分牢靠,无瑕可击。我们的祖父是人家的女婿,我们的父亲也是人家的女婿,我们自己,也仍然不免是人家的女婿。比如今日在文坛上"北面"而坐的鲁迅茅盾之流,都是人家的女婿,所以"女婿会要上文坛的"是不成问题的,至于前一句"文坛虽然不致于要招女婿",这句话就简直站不住了。我觉得文坛无时无刻不在招女婿,许多中国作家现在都变成了俄国的女婿了。

又说:"有富岳家,有阔太太,用赔嫁钱,作文学资本,……"能用妻子的赔嫁钱来作文学资本,我觉得这种人应该佩服,因为用妻子的钱来作文学资本,总比用妻子的钱来作其他一切不正当的事情好一些。况且凡事必须有资本,文学也不能例外,如没有钱,便无从付印刷费,则杂志及集子都出不成,所以要办书店,出杂志,都得是大家拿一些私蓄出来,妻子的钱自然也是私蓄之一。况且做一个富家的女婿并非罪恶,正如做一个报馆老板的亲戚之并非罪恶为一样,如其一个报馆老板的亲戚,回国后游荡无事,可以依靠亲戚的牌头,夺一个副刊来编编,则一个富家的女婿,因为兴趣所近,用些妻子的赔嫁钱来作文学资本,当然也无不可。

"女婿"的蔓延　　　　　圣闲

狐狸吃不到葡萄,说葡萄是酸的,自己娶不到富妻子，于是对于一切有富岳家的人发生了妒忌，妒忌的结果是攻击。

假如做了人家的女婿，是不是还可以做文人的呢？答案自然是属于正面的，正如前天如是先生在本园上他的一篇《女婿问题》里说过，今日在文坛上最有声色的鲁迅茅盾之流，一方面身为文人，一方面仍然不免是人家的女婿，不过既然做文人同时也可以做人家的女婿，则此女婿是应该属于穷岳家的呢，还是属于富岳家的呢？关于此层，似乎那些老牌作家，尚未出而主张，不知究竟应该"富倾"还是"穷倾"才对，可是《自由谈》之流的撰稿人，既经对于富岳家的女婿取攻击态度，则我们感到，好像至少做富岳家的女婿的似乎不该再跨上这个文坛了，"富岳家的女婿"和"文人"仿佛是冲突的，二者只可任择其一。

目下中国文坛似乎有这样一个现象，不必检查一个文人他本身在文坛上的努力的成绩，而唯斤斤于追究那个文人的家庭琐事，如是否有富妻子或穷妻子之类。要是你今天开了一家书店，则这家书店的本钱，是否出乎你妻子的赔嫁钱，也颇劳一些尖眼文人，来调查打听，以此或作攻击讥讽。

我想将来中国的文坛，一定还会进步到有下种情形：穿陈嘉庚橡皮鞋者，方得上文坛，如穿皮鞋，便属贵族阶级，而入于被攻击之列了。

现在外国回来的留学生失业的多得很。回国以后编一个副刊也并非一件羞耻事情，编那个副刊，是否因亲戚关系,更不成问题,亲戚的作用,本来就在这种地方。自命以扫除文坛为己任的人,如其人家偶而提到一两句自己的不愿意听的话,便要成群结队的来反攻,大可不必。如其常常骂人家为狂吠的,则自己切不可也落入于狂吠之列。

这两位作者都是富家女婿崇拜家,但如是先生是凡庸的,背出了他的祖父,父亲,鲁迅,茅盾之后,结果不过说着"鲁迅拿卢布"那样的滥调;打诨的高手要推圣闲先生,他竟拉到我万想不到的诗人太太的味道上去了。戏剧上的二丑帮忙,倒使花花公子格外出丑,用的便是这样的说法,我后来也引在《"滑稽"例解》中。

但邵府上也有恶辣的谋士的。今年二月,我给日本的《改造》[6]杂志做了三篇短论,是讥评中国,日本,满洲的。邵家将却以为"这回是得之矣"了。就在也是这甜葡萄棚里产生出来的《人言》[7](三月三日出)上,扮出一个译者和编者来,译者算是只译了其中的一篇《谈监狱》,投给了《人言》,并且前有"附白",后有"识"——

谈 监 狱　　　鲁迅

(顷阅日文杂志《改造》三月号,见载有我们文坛老将鲁迅翁之杂文三篇,比较翁以中国文发表之短文,更见精彩,因迻译之,以寄《人言》。惜译者未知迅翁寓所,问内山书店主人丸造氏,亦言未详,不能先将译稿就正于氏为憾。但请仍用翁的署名发表,以示尊重原作之意。——译者井上附白。)

人的确是由事实的启发而获得新的觉醒,并且事情也是因此而变革的。从宋代到清朝末年,很久长的时间中,专以代圣贤立言的"制艺"文章,选拔及登用人才。到同法国打了败仗,才知这方法的错误,于是派遣留学生到西洋,设立武器制造局,作为改正的手段。同日本又打了败仗之后,知道这还不彀,这一回是大大地设立新式的学校。于是学生们每年大闹风潮。清朝覆亡,国民党把握了政权之后,又明白了错误,而作为改正手段,是大造监狱。

国粹式的监狱,我们从古以来,各处早就有的,清朝末年也稍造了些西洋式的,就是所谓文明监狱。那是特地造来给旅行到中国来的外人看的,该与为同外人讲交际而派出去学习文明人的礼节的留学生属于同一种类。囚人却托庇了得着较好的待遇,也得洗澡,有得一定分量的食品吃,所以是很幸福的地方。而且在二三星期之前,政府因为要行仁政,便发布了囚人口粮不得刻扣的命令。此后当是益加幸福了。

至于旧式的监狱,像是取法于佛教的地狱,所以不但禁锢人犯,而且有要给他吃苦的责任。有时还有榨取人犯亲属的金钱使他们成为赤贫的职责。而且谁都以为这是当然的。倘使有不以为然的人,那即是帮助人犯,非受犯罪的嫌疑不可。但是文明程度很进步了,去年有官吏提倡,说人犯每年放归家中一次,给予解决性欲的机会,是很人道主义的说法。老实说：他不是他对于人犯的性欲特别同情，因为决不会实行的望头，所以特别高声说话，以见自己的是官吏。但舆论甚为沸腾起来。某批评家说，这样之后，大家见监狱将无畏惧，乐而赴之，大为为世道人心愤慨。受了圣贤之教，如此悠久，尚不像那个官吏那么狡猾，是很使人心安，但对于人犯不可不虐待的信念，却由此可见。

从另一方面想来，监狱也确有些像以安全第一为标语的人的理想乡。火灾少，盗贼不进来，土匪也决不来掠夺。即使有了战事，也没有以监狱为目标而来爆击的傻瓜，起了革命，只有释放人犯的例，没有屠杀的事。这回福建独立的时候，说释人犯出外之后，那些意见不同的却有了行踪不明的谣传，但这种例子是前所未见的。总之，不像是很坏的地方。只要能容许带家眷，那么即使现在不是水灾，饥荒，战争，恐怖的时代，请求去转居的人，也决不会没有。所以虐待是必要了吧。

牛兰夫妻以宣传赤化之故，收容于南京的监狱，行了三四次的绝食，什么效力也没有。这是因为他不了解中国的监狱精神之故。某官吏说他自己不要吃，同别人有什么关系，很讶奇这事。不但不关系于仁政，且节省伙食，反是监狱方面有利。甘地的把戏，倘使不选择地方，就归于失败。

但是，这样近于完美的监狱，还留着一个缺点，以前对于思想上的事情，太不留意了。为补这个缺点，近来新发明有一种"反省院"的特种监狱,而施行教育。我不曾到其中去反省过,所以不详细其中的事情,总之对于人犯时时讲授三民主义,使反省他们自己的错误。而且还要做出排击共产主义的论文。倘使不愿写或写不出则当然非终生反省下去不行,但做得不好,也得反省到死。在目下,进去的有,出来的也有,反省院还有新造的,总是进去的人多些。试验完毕而出来的良民也偶有会到的,可是大抵总是萎缩枯槁的样子,恐怕是在反省和毕业论文上面把心力用尽了。那是属于前途无望的。

　　(此外尚有《王道》及《火》二篇,如编者先生认为可用,当再译寄。——译者识。)

姓虽然冒充了日本人,译文却实在不高明,学力不过如邵家帮闲专家章克标先生的程度,但文字也原是无须译得认真的,因为要紧的是后面的算是编者的回答——

　　编者注:鲁迅先生的文章,最近是在查禁之列。此文译自日文,当可逃避军事裁判。但我们刊登此稿目的,与其说为了文章本身精美或其议论透彻;不如说举一个被本国迫逐而托庇于外人威权之下的论调的例子。鲁迅先生本来文章极好,强辞夺理亦能说得头头是道,但统观此文,则意气多于议论,捏造多于实证,若非译笔错误,则此种态度实为我所不取也。登此一篇,以见文化统制治下之呼声一般。《王道》与《火》两篇,不拟再登,转言译者,可勿寄来。

这编者的"托庇于外人威权之下"的话,是和译者的"问内山书店主人丸造氏[8]"相应的；而且提出"军事裁判"来，也是作者极高的手笔，其中含着甚深的杀机。我见这富家儿的鹰犬，更深知明季的向权门卖身投靠之辈是怎样的阴险了。他们的主公邵诗人，在赞扬美国白诗人的文章中，贬落了黑诗人[9]，"相信这种诗是走不出美国的，至少走不出英国语的圈子。"（《现代》五卷六期）我在中国的富贵人及其鹰犬的眼中，虽然也不下于黑奴，但我的声音却走出去了。这是最可痛恨的。但其实，黑人的诗也走出"英国语的圈子"去了。美国富翁和他的女婿及其鹰犬也是奈何它不得的。

但这种鹰犬的这面目，也不过以向"鲁迅先生的文章，最近是在查禁之列"的我而已，只要立刻能给一个嘴巴，他们就比吧儿狗还驯服。现在就引一个也曾在《"滑稽"例解》中提过，登在去年九月二十一日《申报》上的广告在这里罢——

十日谈向晶报声明误会表示歉意

敬启者十日谈第二期短评有朱霁青亦将公布捐款一文后段提及晶报系属误会本刊措词不善致使晶报对邵洵美君提起刑事自诉按双方均为社会有声誉之刊物自无互相攻讦之理兹经章士钊江容平衡诸君诠释已得晶报完全谅解除由晶报自行撤回诉讼外特此登报声明表示歉意

"双方均为社会有声誉之刊物，自无互相攻讦之理"，此"理"极奇，大约是应该攻讦"最近是在查禁之列"的刊物的罢。金子做了骨髓，也还是站不直，在这里看见铁证了。

给"女婿问题"纸张费得太多了,跳到别一件,这就是"《庄子》和《文选》"。

这案件的往复的文字,已经收在本文里,不再多谈;别人的议论,也为了节省纸张,都不剪帖了。其时《十日谈》也大显手段,连漫画家都出了马,为了一幅陈静生先生的《鲁迅翁之笛》[10],还在《涛声》上和曹聚仁先生惹起过一点辩论的小风波。但是辩论还没有完,《涛声》已被禁止了,福人总永远有福星照命……

然而时光是不留情面的,所谓"第三种人",尤其是施蛰存和杜衡[11]即苏汶,到今年就各自露出他本来的嘴脸来了。

这回要提到末一篇,流弊是出在用新典。

听说,现在是连用古典有时也要被检查官禁止了,例如提起秦始皇,但去年还不妨,不过用新典总要闹些小乱子。我那最末的《青年与老子》,就因为碰着了杨邨人先生(虽然刊出的时候,那名字已给编辑先生删掉了),后来在《申报》本埠增刊的《谈言》(十一月二十四日)上引得一篇妙文的。不过颇难解,好像是在说我以孝子自居,却攻击他做孝子,既"投井",又"下石"了。因为这是一篇我们的"改悔的革命家"的标本作品,弃之可惜,谨录全文,一面以见杨先生倒是现代"语录体"[12]作家的先驱,也算是我的《后记》里的一点余兴罢——

聪 明 之 道 　　　邨 人

畴昔之夜,拜访世故老人于其庐:庐为三层之楼,面街而立,虽电车玲玲轧轧,汽车呜呜哑哑,市嚣扰人而不觉,俨然有如隐士,居处晏如,悟道深也。老人曰,"汝来何事?"对曰,"敢问聪明之道。"谈话有主题,遂成问答。

"难矣哉,聪明之道也!孔门贤人如颜回,举一隅以三隅反,孔子称其聪明过人,于今之世能举一隅以三隅反者尚非聪明之人,汝问聪明之道,其有意难余老瞆者耶?"

"不是不是,你老人家误会了我的问意了!我并非要请教关于思辨之术。我是生性拙直愚笨,处世无方,常常碰壁,敢问关于处世的聪明之道。"

"嘻嘻,汝诚拙直愚笨也,又问处世之道!夫今之世,智者见智,仁者见仁,阶级不同,思想各异,父子兄弟夫妇姊妹因思想之各异,一家之内各有主张各有成见,虽属骨肉至亲,乖离冲突,背道而驰;古之所谓英雄豪杰,各事其君而为仇敌,今之所谓志士革命家,各为阶级反目无情,甚至只因立场之不同,骨肉至亲格杀无赦,投机取巧或能胜利于一时,终难立足于世界,聪明之道实则已穷,且唯既愚且鲁之徒方能享福无边也矣。……"

"老先生虽然说的头头是道,理由充足,可是,真的聪明之道就没有了吗?"

"然则仅有投机取巧之道也矣。试为汝言之:夫投机取巧之道要在乎滑头,而滑头已成为专门之学问,西欧学理分门别类有所谓科学哲学者,滑头之学问实可称为滑头学。滑头学如依大学教授之编讲义,大可分成若干章,每章分成若干节,每节分成若干项,引古据今,中西合璧,其理论之深奥有甚于哲学,其引证之广大举凡中外历史,物理化学,艺术文学,经商贸易之直,诱惑欺骗之术,概属必列,包罗万象,自大学预科以至大学四年级此一讲义仅能讲其千分之一,大学毕业各科及格,此滑头学则无论何种聪明绝顶之学生皆不能及格,且大学教授本人恐亦知其然不知其所以然,其难学也可想而知之矣。余处世数十年,头顶已秃,须发已白,阅历不为不广,教训不为不多,然而余着手编辑滑头学讲义,仅能编其第一章之第一节,第一节之第一项也。此第一章之第一节,第一节之第一项其纲目为'顺水行舟',即人云亦云,亦即人之喜者喜之,人之恶者恶之是也,举一例言之,如人之恶者为孝子,所谓封建宗法社会之礼教遗孽之一,则汝虽曾经为父侍汤服药问医求卜出诸天性以事亲人,然论世之出诸天性以事亲人者则引'孝子'之名以责难之,惟求青年之鼓掌称快,勿管本心见解及自己行动之如何也。被责难者处于时势潮流之下,百辞莫辩,辩则反动更为证实,从此青年鸣鼓而攻,体无完肤,汝之胜利不但已操左券,且为青年奉为至圣大贤,小品之集有此一篇,风行海内洛阳纸贵,于是名利双收,富贵无边矣。其第一章之第一节,第一节之第二项为'投井下石',余本亦知一二,然偶一忆及投井下石之人,殊觉头痛,实无心编之也。然而滑头学虽属聪明之道,实乃左道旁门,汝实不足学也。"

"老先生所言想亦很有道理,现在社会上将这种学问作敲门砖混饭吃的人实在不少,他们也实在到处逢源,

后　　记

名利双收，可是我是一个拙直愚笨的人，恐怕就要学也学不了吧？"

"呜呼汝求聪明之道，而不学之，虽属可取，然碰壁也宜矣！"

是夕问道于世故老人，归来依然故我，呜呼噫嘻！

但我们也不要一味赏鉴"呜呼噫嘻"，因为这之前，有些地方演了"全武行"。

也还是剪报好，我在这里剪一点记的最为简单的——

艺华影片公司被"影界铲共同志会"捣毁

昨晨九时许，艺华公司在沪西康脑脱路金司徒庙附近新建之摄影场内，忽来行动突兀之青年三人，向该公司门房伪称访客，一人正在持笔签名之际，另一人遂大呼一声，则预伏于外之暴徒七八人，一律身穿蓝布短衫裤，蜂拥夺门冲入，分投各办事室，肆行捣毁写字台玻璃窗以及椅凳各器具，然后又至室外，打毁自备汽车两辆，晒片机一具，摄影机一具，并散发白纸印刷之小传单，上书"民众起来一致剿灭共产党"，"打倒出卖民众的共产党"，"扑灭杀人放火的共产党"等等字样，同时又散发一种油印宣言，最后署名为"中国电影界铲共同志会"。约逾七分钟时，由一人狂吹警笛一声，众暴徒即集合列队而去，迨该管六区闻警派警士侦缉员等赶至，均已远扬无踪。该会且宣称昨晨之行动，目的仅在予该公司一警告，如该

223

公司及其他公司不改变方针,今后当准备更激烈手段应付,联华、明星、天一等公司,本会亦已有严密之调查矣云云。

据各报所载该宣言之内容称,艺华公司系共党宣传机关,普罗文化同盟为造成电影界之赤化,以该公司为大本营,如出品《民族生存》等片,其内容为描写阶级斗争者,但以向南京检委会行贿,故得通过发行。又称该会现向教育部,内政部,中央党部及本市政府发出呈文,要求当局命令该公司,立即销毁业已摄成各片,自行改组公司,清除所有赤色份子,并对受贿之电影检委会之责任人员,予以惩处等语。

事后,公司坚称,实系被劫,并称已向曹家渡六区公安局报告。记者得讯,前往调查时,亦仅见该公司内部布置被毁无余,桌椅东倒西歪,零乱不堪,内幕究竟如何,想不日定能水落石出也。

十一月十三日,《大美晚报》。

影界铲共会

警戒电影院

拒演田汉等之影片

自从艺华公司被击以后,上海电影界突然有了一番新的波动,从制片商已经牵涉到电影院,昨日本埠大小电影院同时接到署名上海影界铲共同志会之警告函件,请各院拒映田汉等编制导演主演之剧本,其原文云:

敝会激于爱护民族国家心切,并不忍电影界为共产党所利用，因有警告赤色电影大本营——艺华影片公司之行动，查贵院平日对于电影业，素所热心，为特严重警告，祈对于田汉（陈瑜）、沈端先（即蔡叔声，丁谦之）、卜万苍、胡萍、金焰等所导演，所编制，所主演之各项鼓吹阶级斗争贫富对立的反动电影，一律不予放映，否则必以暴力手段对付，如艺华公司一样，决不宽假，此告。上海影界铲共同志会。十一，十三。

十一月十六日，《大美晚报》。

但"铲共"又并不限于"影界"，出版界也同时遭到覆面英雄们的袭击了。又剪报——

今晨良友图书公司

突来一怪客

手持铁锤击碎玻璃窗

扬长而去捕房侦查中

▶……光华书局请求保护

沪西康脑脱路艺华影片公司，昨晨九时许，忽被状似工人等数十名，闯入摄影场中，并大发各种传单，署名"中国电影界铲共同志会"等字样，事后扬长而去。不料一波未平，一波又起，今日上午十一时许，北四川路八百五十一号良友图书印刷公司，忽有一男子手持铁锤，至该公司门口，将铁锤击入该店门市大玻璃窗内，击成一洞。该男子见目的已达，立即逃避。该管虹口捕房据报后，立即派员前往调查一过，查得良友公司经售各种思想左倾之书籍，与捣毁艺华公司一案，不无关联。今日上午四马路光华书局据报后，惊骇异常，即自投该管中央捕房，请求设法保护，而免意外，惟至记者截稿时尚未闻发生意外之事云。

十一月十三日，《大晚报》。

　　捣毁中国论坛

　　印刷所已被捣毁

　　编辑间未受损失

承印美人伊罗生编辑之《中国论坛报》勒佛尔印刷所，在虹口天潼路，昨晚有暴徒潜入，将印刷间捣毁，其编辑间则未受损失。

十一月十五日，《大美晚报》。

　袭击神州国光社

　　昨夕七时四人冲入总发行所

　　铁锤挥击打碎橱窗损失不大

河南路五马路口神州国光社总发行所，于昨晚七时，正欲打烊时，突有一身衣长袍之顾客入内，状欲购买书籍。不料在该客甫入门后，背后即有三人尾随而进。该长袍客回头见三人进来，遂即上前将该书局之左面走廊旁墙壁上所挂之电话机摘断。而同时三短衣者即实行捣毁，用铁锤乱挥，而长衣者亦加入动手，致将该店之左橱窗打碎，四人即扬长而逸。而该店时有三四伙友及学徒，亦惊不能作声。然长衣者方出门至相距不数十步之泗泾路口，为站岗巡捕所拘，盖此长衣客因打橱窗时玻璃倒下，伤及自己面部，流血不止，渠因痛而不能快行也。

　　该长衣者当即被拘入四马路中央巡捕房后，竭力否认参加捣毁，故巡捕已将此人释放矣。

　　　　　　　　　　十二月一日，《大美晚报》。

美国人办的报馆捣毁得最客气，武官们开的书店[13]捣毁得最迟。"扬长而逸"，写得最有趣。

捣毁电影公司，是一面撒些宣言的，有几种报上登过全文；对于书店和报馆却好像并无议论，因为不见有什么记载。然而也有，是一种钢笔版蓝色印的警告，店名或馆名空着，各各填以墨笔，笔迹并不像读书人，下面是一长条紫色的木印。我幸而藏着原本，现在订定标点，照样的抄录在这里——

　　敝会激于爱护民族国家心切，并不忍文化界与思想界为共党所利用，因有警告赤色电影大本营——艺华公司之行动。现为贯彻此项任务计，拟对于文化界来一清算，除对于良友图书公司给予一初步的警告外，于所有各书局各刊物均已有精密之调查。素知
贵……对于文化事业，热心异人，为特严重警告，对于赤色作家所作文字，如鲁迅、茅盾、蓬子、沈端先、钱杏邨及其他赤色作家之作品，反动文字，以及反动剧评，苏联情况之介绍等，一律不得刊行，登载，发行。如有不遵，我们必以较对付艺华及良友公司更激烈更彻底的手段对付你们，决不宽假！此告
…………

　　　　上海影界铲共同志会　十一，十三。

一个"志士",纵使"对于文化事业,热心异人",但若会在不知何时,飞来一个锤子,打破值银数百两的大玻璃;"如有不遵",更会在不知何时,飞来一顶红帽子,送掉他比大玻璃更值钱的脑袋,那他当然是也许要灰心的。然则书店和报馆之有些为难,也就可想而知了。我既是被"扬长而去"的英雄们指定为"赤色作家",还是莫害他人,放下笔,静静的看一会把戏罢,所以这一本里面的杂文,以十一月七日止,因为从七日到恭逢警告的那时候——十一月十三日,我也并没有写些什么的。

但是,经验使我知道,我在受着武力征伐的时候,是同时一定要得到文力征伐的。文人原多"烟士披离纯",何况现在嗅觉又特别发达了,他们深知道要怎样"创作"才合式。这就到了我不批评社会,也不论人,而人论我的时期了,而我的工作是收材料。材料尽有,妙的却不多。纸墨更该爱惜,这里仅选了六篇。官办的《中央日报》讨伐得最早,真是得风气之先,不愧为"中央";《时事新报》[14]正当"全武行"全盛之际,最合时宜,却不免非常昏愦;《大晚报》和《大美晚报》[15]起来得最晚,这是因为"商办"的缘故,聪明,所以小心,小心就不免迟钝,他刚才决计合伙来讨伐,却不料几天之后就要过年,明年是先行检查书报,以惠商民,另结新样的网,又是一个局面了。

现在算是还没有过年,先来《中央日报》的两篇罢——

杂　感　洲

　　近来有许多杂志上都在提倡小文章。《申报月刊》《东方杂志》以及《现代》上，都有杂感随笔这一栏。好像一九三三真要变成一个小文章年头了。目下中国杂感家之多，远胜于昔，大概此亦鲁迅先生一人之功也。中国杂感家老牌，自然要推鲁迅。他的师爷笔法，冷辣辣的，有他人所不及的地方。《热风》，《华盖集》，《华盖续集》，去年则还出了什么三心《二心》之类。照他最近一年来"干"的成绩而言大概五心六心也是不免的。鲁迅先生久无创作出版了，除了译一些俄国黑面包之外，其余便是写杂感文章了。杂感文章，短短千言，自然可以一挥而就。则于抽卷烟之际，略转脑子，结果就是十元千字。大概写杂感文章，有一个不二法门。不是热骂，便是冷嘲。如能热骂后再带一句冷嘲或冷嘲里夹两句热骂，则更佳矣。

　　不过普通一些杂感，自然是冷嘲的多。如对于某事物有所不满，自然就不满（迅案：此字似有误）有冷嘲的文章出来。鲁迅先生对于这样也看不上眼，对于那样也看不上眼，所以对于这样又有感想，对于那样又有感想了。

　　我们村上有个老女人，丑而多怪。一天到晚专门爱说人家的短处，到了东村头摇了一下头，跑到了西村头叹了一口气。好像一切总不合她的胃。但是，你真的问她倒底要怎样呢,她又说不出。我觉得她倒有些像鲁迅先生,一天到晚只是讽刺,只是冷嘲,只是不负责任的发一点杂感。当真你要问他究竟的主张,他又从来不给我们一个鲜明的回答。

十月三十一日,《中央日报》的《中央公园》。

文坛与擂台　　鸣春

上海的文坛变成了擂台。鲁迅先生是这擂台上的霸王。鲁迅先生好像在自己的房间里带了一付透视一切的望远镜,如果发现文坛上那一个的言论与行为有些瑕疵,他马上横枪跃马,打得人家落花流水。因此,鲁迅先生就不得不花去可贵的时间,而去想如何锋利他的笔端,如何达到挖苦人的顶点,如何要打得人家永不得翻身。

关于这,我替鲁迅先生想想有些不大合算。鲁迅先生你先要认清了自己的地位,就是反对你的人,暗里总不敢否认你是中国顶出色的作家;既然你的言论,可以影响青年,那么你的言论就应该慎重。请你自己想想,在写《阿Q传》之后,有多少时间浪费在笔战上?而这种笔战,对一般青年发生了何种影响?

第一流的作家们既然常时混战,则一般文艺青年少不得在这战术上学许多乖,流弊所及,往往越淮北而变枳,批评人的人常离开被批评者的言论与思想,笔头一转而去骂人家的私事,说人家眼镜带得很难看,甚至说人家皮鞋前面破了个小洞;甚至血偾脉张要辱及人家的父母,甚至要丢下笔杆动拳头。我说，养成现在文坛上这种浮嚣，下流，粗暴等等的坏习气，像鲁迅先生这一般人多少总要负一点儿责任的。

其实，有许多笔战，是不需要的，譬如有人提倡词的解放，你就是不骂，不见得有人去跟他也填一首"管他娘"的词；有人提倡读《庄子》与《文选》，也不见得就是教青年去吃鸦片烟，你又何必咬紧牙根，横睁两眼，给人以难堪呢？

我记得一个精通中文的俄国文人 B. A. Vassiliev 对鲁迅先生的《阿Q传》曾经下过这样的批评："鲁迅是反映中国大众的灵魂的作家，其幽默的风格，是使人流泪，故鲁迅不独为中国的作家，同时亦为世界的一员。"鲁迅先生，你现在亦垂垂老矣，你念起往日的光荣，当你现在阅历最多，观察最深，生活经验最丰富的时候，更应当如何去发奋多写几部比《阿Q传》更伟大的著作？伟大的著作，虽不能传之千年不朽，但是笔战的文章，一星期后也许人就要遗忘。青年人佩服一个伟大的文学家，实在更胜于佩服一个擂台上的霸主。我们读的是莎士比亚，托尔斯泰，哥德，这般人的文章，而并没有看到他们的"骂人文选"。

十一月十六日，《中央日报》的《中央公园》。

这两位，一位比我为老丑的女人，一位愿我有"伟大的著作"，说法不同，目的却一致的，就是讨厌我"对于这样又有感想，对于那样又有感想"，于是而时时有"杂文"。这的确令人讨厌的，但因此也更见其要紧，因为"中国的大众的灵魂"，现在是反映在我的杂文里了。

洲先生刺我不给他们一个鲜明的主张，这用意，我是懂得的；但颇诧异鸣春先生的引了莎士比亚之流一大串。不知道为什么，近一年来，竟常常有人诱我去学托尔斯泰了，也许就因为"并没有看到他们的'骂人文选'"，给我一个好榜样。可是我看见过欧战时候他骂皇帝的信[16]，在中国，也要得到"养成现在文坛上这种浮嚣，下流，粗暴等等的坏习气"的罪名。托尔斯泰学不到，学到了也难做人，他生存时，希腊教徒就年年诅咒他落地狱。

中间就夹两篇《时事新报》上的文章——

略 论 告 密　　　陈 代

最怕而且最恨被告密的可说是鲁迅先生，就在《伪自由书》，"一名：《不三不四集》"的《前记》与《后记》里也常可看到他在注意到这一点。可是鲁迅先生所说的告密，并不是有人把他的住处，或者什么时候，他在什么地方，去密告巡捕房（或者什么要他的"密"的别的机关？）以致使他被捕的意思。他的意思，是有人把"因为"他"旧日的笔名有时不能通用，便改题了"的什么宣说出来，而使人知道"什么就是鲁迅"。

"这回，"鲁迅先生说，"是王平陵先生告发于前，周木斋先生揭露于后"；他却忘了说编者暗示于鲁迅先生尚未上场之先。因为在何家干先生和其他一位先生将上台的时候,编者先介绍说,这将上场的两位是文坛老将。于是人家便提起精神来等那两位文坛老将的上场。要是在异地,或者说换过一个局面,鲁迅先生是也许会说编者是在放冷箭的。

看到一个生疏的名字在什么附刊上出现,就想知道那个名字是真名呢,还是别的熟名字的又一笔名,想也是人情之常。即就鲁迅先生说,他看完了王平陵先生的《"最通的"文艺》,便禁不住问:"这位王平陵先生我不知道是真名还是笔名?"要是他知道了那是谁的笔名的话,他也许会说出那就是谁来的。这不会是怎样的诬蔑,我相信,因为于他所知道的他不是在实说"柳丝是杨邨人先生……的笔名",而表示着欺不了他?

还有,要是要告密,为什么一定要出之"公开的"形式?秘密的不是于告密者更为安全?我有些怀疑告密者的聪敏,要是真有这样的告密者的话。

而在那些用这个那个笔名零星发表的文章,剪贴成集子的时候,作者便把这许多名字紧缩成一个,看来好像作者自己是他的最后的告密者。

十一月二十一日,《时事新报》的《青光》。

略论放暗箭　　　陈　代

前日读了鲁迅先生的《伪自由书》的《前记》与《后记》,略论了告密的,现在读了唐弢先生的《新脸谱》,止不住又要来略论放暗箭。

在《新脸谱》中,唐先生攻击的方面是很广的,而其一方是"放暗箭"。可是唐先生的文章又几乎全为"暗箭"所织成,虽然有许多箭标是看不大清楚的。

"说是受着潮流的影响,文舞台的戏儿一出出换了。脚色虽然依旧,而脸谱却是簇新的。"——是暗箭的第一条。虽说是暗箭,射倒射中了的。因为现在的确有许多文脚色,为要博看客的喝采起见,放着演惯的旧戏不演演新戏,嘴上还"说是受着潮流的影响",以表示他的不落后。还有些甚至不要说脚色依旧,就是脸谱也并不簇新,只是换了一个新的题目,演的还是那旧的一套:如把《薛平贵西凉招亲》改题着《穆薛姻缘》之类,内容都一切依旧。

第二箭是——不,不能这样写下去,要这样写下去,是要有很广博的识见的,因为那文章一句一箭,或者甚至一句数箭,看得人眼花头眩,竟无从把它把捉住,比读硬性的翻译还难懂得多。

可是唐先生自己似乎又并不满意这样的态度,不然为什么要骂人家"怪声怪气地吆喝,妞妞妮妮的挑战"?然而,在事实上,他是在"怪声怪气地吆喝,妞妞妮妮的挑战"。

或者说,他并不是在挑战,只是放放暗箭,因为"鏖战",即使是"拉拉扯扯的",究竟吃力,而且"败了""再来"的时候还得去"重画"脸谱。放暗箭多省事,躲在隐暗处,看到了什么可射的,便轻展弓弦,而箭就向前舒散地直飞。可是他又在骂放暗箭。

要自己先能放暗箭,然后才能骂人放。

十一月二十二日,《时事新报》的《青光》。

这位陈先生是讨伐军中的最低能的一位,他连自己后来的说明和别人豫先的揭发的区别都不知道。倘使我被谋害而终于不死,后来竟得"寿终×寝",他是会说我自己乃是"最后的凶手"的。

他还问:要是要告密,为什么一定要出之"公开的"形式?答曰:这确是比较的难懂一点,但也就是因为要告得像个"文学家"的缘故呀,要不然,他就得下野,分明的排进探坛里去了。有意的和无意的的区别,我是知道的。我所谓告密,是指着叭儿们,我看这"陈代"先生就正是其中的一匹。你想,消息不灵,不是反而不便当么?

第二篇恐怕只有他自己懂。我只懂得一点:他这回嗅得不对,误以唐弢先生为就是我了。采在这里,只不过充充自以为我的论敌的标本的一种而已。

其次是要剪一篇《大晚报》上的东西——

钱基博之鲁迅论　　　戚施

近人有裒集关于批评鲁迅之文字而为《鲁迅论》一书者,其中所收,类皆称颂鲁迅之辞,其实论鲁迅之文者,有毁有誉,毁誉互见,乃得其真。顷见钱基博氏所著《现代中国文学史》,长至三十万言,其论白话文学,不过一万余字,仅以胡适入选,而以鲁迅徐志摩附焉。于此诸人,大肆訾謷。迩来旧作文家,品藻文字,裁量人物,未有若钱氏之大胆者,而新人未尝注意及之。兹特介绍其"鲁迅论"于此,是亦文坛上之趣闻也。

钱氏之言曰,有摹仿欧文而谥之曰欧化的国语文学者,始倡于浙江周树人之译西洋小说,以顺文直译之为尚,斥意译之不忠实,而摹欧文以国语,比鹦鹉之学舌,托于象胥,斯为作俑。效颦者乃至造述抒志,亦竞欧化,《小说月报》,盛扬其焰。然而诘屈聱牙,过于周诰,学士费解,何论民众?上海曹慕管笑之曰,吾侪生愿读欧文,不愿见此妙文也!比于时装妇人着高底西女式鞋,而跬步倾跌,益增丑态矣!崇效古人,斥曰奴性,摹仿外国,独非奴性耶。反唇之讥,或谑近虐!然始之创白话文以期言文一致,家喻户晓者,不以欧化的国语文学之兴而荒其志耶?斯则矛盾之说,无以自圆者矣,此于鲁迅之直译外国文学,及其文坛之影响,而加以訾謷者也。平心论之,鲁迅之译品,诚有难读之处,直译当否是一问题,欧化的国语文学又是一问题,借曰二者胥有未当,谁尸其咎,亦难言之也。钱先生而谓鄙言为不然耶?

钱先生又曰,自胡适之创白话文学也,所持以号于天下者,曰平民文学也!非贵族文学也。一时景附以有大名者,周树人以小说著。树人颓废,不适于奋斗。树人所著,只有过去回忆,而不知建设将来,只见小己愤慨,而不图福利民众,若而人者,彼其心目,何尝有民众耶!钱先生因此而断之曰,周树人徐志摩为新文艺之右倾者。是则于鲁迅之创作亦加以訾謷，兼及其思想矣。至目鲁迅为右倾，亦可谓独具只眼，别有鉴裁者也！既不满意于郭沫若蒋光赤之左倾，又不满意于鲁迅徐志摩之右倾，而惟倾慕于所谓"让清"遗老之流风余韵，低徊感喟而不能自已，钱先生之志，皎然可睹矣。当今之世，左右做人难，是非无定质，亦于钱先生之论鲁迅见之也！

钱氏此书出版于本年九月，尚有上年十二月之跋记云。

十二月二十九日，《大晚报》的《火炬》。

这篇大文，除用戚施先生的话，赞为"独具只眼"之外，是不能有第二句的。真"评"得连我自己也不想再说什么话，"颓废"了。然而我觉得它很有趣，所以特别的保存起来，也是以备"鲁迅论"之一格。

最后是《大美晚报》，出台的又是曾经有过文字上的交涉的王平陵[17]先生——

骂 人 与 自 供　　王平陵

学问之事，很不容易说，一般通材硕儒每不屑与后生小子道长论短，有所述作，无不讥为"浅薄无聊"；同样，较有修养的年轻人，看着那般通材硕儒们言必称苏俄，文必宗普鲁，亦颇觉得如嚼青梅，齿颊间酸不可耐。

世界上无论什么纷争，都有停止的可能，惟有人类思想的冲突，因为多半是近于意气，断没有终止的时候的。有些人好像把毁谤人家故意找寻人家的错误当作是一种职业；而以直接否认一切就算是间接抬高自己的妙策了。至于自己究竟是什么东西，那只许他们自己知道，别人是不准过问的。其实，有时候这些人意在对人而发的阴险的暗示，倒并不适切；而正是他们自己的一篇不自觉的供状。

圣经里好像有这样一段传说：一群街头人捉着一个偷汉的淫妇，大家要把石块打死她。耶稣说："你们反省着！只有没有犯过罪的人，才配打死这个淫妇。"群众都羞愧地走开了。今之文坛，可不是这样？自己偷了汉，偏要指说人家是淫妇。如同鲁迅先生惯用的一句刻毒的评语，就就骂人是代表官方说话；我不知道他老先生是代表什么"方"说话！

本来，不想说话的人，是无话可说；有话要说；有话要说的人谁也不会想到是代表那一方。鲁迅先生常常"以己之心，度人之心"，未免"躬自薄而厚责于人"了。

像这样的情形，文坛有的是，何止是鲁迅先生。

十二月三十日，《大美晚报》的《火树》。

记得在《伪自由书》里，我曾指王先生的高论为属于"官方"[18]，这回就是对此而发的，但意义却不大明白。由"自己偷了汉，偏要指说人家是淫妇"的话看起来，好像是说我倒是"官方"，而不知"有话要说的人谁也不会想到是代表那一方"的。所以如果想到了，那么，说人反动的，他自己正是反动，说人匪徒的，他自己正是匪徒⋯⋯且住，又是"刻毒的评语"了，耶稣不说过"你们反省着"[19]吗？——为消灾计，再添一条

后　　记

小尾：这坏习气只以文坛为限，与官方无干。

王平陵先生是电影检查会[20]的委员，我应该谨守小民的规矩。

真的且住。写的和剪贴的，也就是自己的和别人的，化了大半夜工夫，恐怕又有八九千字了。这一条尾巴又并不小。

时光，是一天天的过去了，大大小小的事情，也跟着过去，不久就在我们的记忆上消亡；而且都是分散的，就我自己而论，没有感到和没有知道的事情真不知有多少。但即此写了下来的几十篇，加以排比，又用《后记》来补叙些因此而生的纠纷，同时也照见了时事，格局虽小，不也描出了或一形象了么？——而现在又很少有肯低下他仰视莎士比亚，托尔斯泰的尊脸来，看看暗中，写它几句的作者。因此更使我要保存我的杂感，而且它也因此更能够生存，虽然又因此更招人憎恶，但又在围剿中更加生长起来了。呜呼，"世无英雄，遂使竖子成名"[21]，这是为我自己和中国的文坛，都应该悲愤的。

文坛上的事件还多得很：献检查之秘计，施离析之奇策，起谣诼兮中权[22]，藏真实兮心曲，立降幡于往年，温故交于今日……然而都不是做这《准风月谈》时期以内的事，在这里也且不提及，或永不提及了。还是真的带住罢，写到我的背脊已经觉得有些痛楚的时候了！

一九三四年十月十六夜，鲁迅记于上海。

* * *

〔1〕 《社会新闻》 1932年10月在上海创刊,曾先后出版三日刊、旬刊、半月刊等,新光书局出版。1935年10月起改名《中外问题》,1937年10月停刊。该刊第五卷第十三期(1933年11月9日)发表署名"莘"的《读〈伪自由书〉书后》一文,攻击鲁迅说:"《伪自由书》,鲁迅著,北新出版,实价七角。书呢,不贵,鲁迅的作品,虽则已给《申报·自由谈》用过一道,但你要晓得,这里还有八千字的后记呢,就算单买后记,也值。并且你得明了鲁迅先生出此一书的本意,是为那些写在《自由谈》的杂感吗?决不是,他完全是为了这条尾巴,用来稳定他那文坛宝座的回马枪。"

〔2〕 张资平(1893—1959) 广东梅县人,创造社早期成员。1928年在上海创办乐群书店,主编《乐群》月刊,写有大量三角恋爱题材小说。

〔3〕 《十日谈》 邵洵美、章克标办的一种文艺旬刊,1933年8月10日创刊,1934年12月停刊。上海第一出版社发行。

〔4〕 "盛宫保" 指盛宣怀(1844—1916),字杏荪,江苏武进人,清末大官僚资本家。曾办轮船招商局、电报局、上海机器织布局、汉冶萍公司等。清廷于1901年授他"太子少保"衔。1911年任邮传部大臣。1916年4月盛死后,他的家属举办过轰动一时的"大出丧"。

〔5〕 《中央日报》 国民党中央的机关报。1928年1月在上海创刊,1929年2月迁至南京出版。

〔6〕 《改造》 日本综合性月刊,1919年4月创刊,改造社发行。1955年2月停刊。鲁迅应改造社之约写了《火》、《王道》、《监狱》三篇短论,发表于1934年3月出版的《改造》月刊。后收入《且介亭杂文》时,将三个短论组成一篇,题为《关于中国的两三件事》。

〔7〕 《人言》 周刊,郭明(邵洵美)、章克标主编,1934年2月创

刊,上海第一出版社发行。1936年6月停刊。《谈监狱》载该刊第一卷第三期(1934年3月3日)。按章克标、邵洵美都是《人言》的"编辑同人",作者在1934年6月2日致郑振铎信中曾提到"章(克标)编《人言》"的事,说:"章颇恶劣,因我在外国发表文章,而以军事裁判暗示当局者,亦此人也。"

〔8〕 丸造氏　即内山完造(1885—1959),1913年来沪,1927年10月与鲁迅结识,以后常有交往,鲁迅曾借他的书店作通讯处。

〔9〕 贬落了黑诗人　见邵洵美《现代美国诗坛概观》一文,载《现代》第五卷第六期(1934年10月1日)"现代美国文学专号"。黑诗人,指美国黑人作家休士(L. Hughes,1902—1967)。他于1933年7月访问苏联,回国时途经上海,上海的文学社、现代杂志社等联合为他举行招待会。

〔10〕《鲁迅翁之笛》　刊于《十日谈》第八期(1933年10月20日),署名静(陈静生)。画中为鲁迅吹笛而行,群鼠举旗跟随。曹聚仁曾在《涛声》第二卷第四十三期(1933年11月4日)发表《鲁迅翁之笛》一文,批评这幅漫画;接着漫画作者在《十日谈》第十一期发表《以不打官话为原则而致复涛声》进行答辩。《涛声》于1933年11月因国民党政府吊销登记证而被迫停刊。

〔11〕 杜衡(1906—1964)　原名戴克崇,笔名苏汶、杜衡,浙江杭县(今余杭)人。三十年代以"第三种人"自居,指责左翼文艺运动,曾编辑《新文艺》、《现代》等刊物。

〔12〕 现代"语录体"　指当时林语堂等提倡的模仿宋人《语录》的文白夹杂的文字。

〔13〕 武官们开的书店　指上海神州国光社。该社在1930年后曾接受国民党十九路军将领陈铭枢等人的投资。

〔14〕《时事新报》 1907年12月在上海创刊,初名《时事报》,后合并于《舆论日报》,改名为《舆论时事报》,1911年5月18日起改名《时事新报》。初办时为改良派报纸,辛亥革命后,曾经是拥护北洋军阀段祺瑞的政客集团研究系的报纸。1927年后由史量才等接办。1935年后为国民党财阀孙祥熙收买。1949年5月上海解放时停刊。

〔15〕《大美晚报》 1929年4月美国人在上海创办的英文报纸。1933年1月起曾另出汉文版。1949年5月上海解放后停刊。

〔16〕列夫·托尔斯泰在1904年日俄战争时,写了一封给俄国皇帝和日本皇帝的信(载于1904年6月27日英国《泰晤士报》,两月后曾译载于日本《平民新闻》),指斥他们发动战争的罪恶。又托尔斯泰很不满意当时的教会(俄国人信奉的是希腊正教,即东正教),在著作中常常猛烈地加以攻击,他于1901年2月被教会正式除名。

〔17〕王平陵(1898—1964) 江苏溧阳人,曾任《时事新报》、国民党《中央日报》副刊主编,提倡所谓"民族主义文学"。

〔18〕见《伪自由书·不通两种》附录《官话而已》。

〔19〕"你们反省着" 或译"你悔改吧",是基督教《新约全书》中的话。

〔20〕电影检查会 1933年3月,国民党政府成立由中央宣传委员会领导的"中央电影检查委员会",是压迫左翼文艺运动的机构之一。

〔21〕"世无英雄,遂使竖子成名" 语出《晋书·阮籍传》:"(阮籍)尝登广武,观楚汉战处,叹曰:'时无英雄,使竖子成名!'"竖子,对人的蔑称,与"小子"相近。

〔22〕中权 本指古代军队中主将所在的中军。《左传》宣公十二年有:"中权后劲。"晋代杜预注:"中军制谋,后以精兵为殿。"这里引申为政治中枢。